31番目のお妃様 4

桃巴

B's-LOG BUNKO
ビーズログ文庫

イラスト／山下ナナオ

CONTENTS

31BANME NO OKISAKI SAMA 4

31番目のお妃様◆人物紹介
マクロン
ダナン国の国王。
心の通じ合わない妃選びに
疲弊していたところで、
フェリアに出会い……？
リカッロ(左)＆ガロン(右)
カロディア領主と弟。
フェリアの２人の兄でもある。
フェリア
天空の孤島カロディア領か
らやってきた生粋の田舎娘。
魔獣にも後宮の洗礼にも負
けない！ 規格外な『31番目』
のお妃様。

ゾッド
31番目の妃邸の警護騎士。
ケイト
フェリア付の敏腕侍女。
ゾッドの姉。
ビンズ
王城の騎士隊長。
マクロンと幼少からの付き合いがある。
ソフィア
先王の第一側室。
ベルボルト領に下賜され、現在は貴人の位を持っている。
ペレ
妃選びの長老の長。
エミリオ
マクロンの弟。

1 花嫁修業

見上げた空の高さに、フェリアは目を細める。

「空が遠く感じるわ」

「カロディアは高地にありますから、ここより空が近くに感じるのでしょうね」

フェリアの呟《つぶや》きにゾッドがすぐに反応した。

フェリアは天に向いていた視線を地に移す。

「眼下の景色がないせいだと思うの」

カロディアは天空の孤島《ことう》領と揶揄《やゆ》されるほど、足が竦《すく》むような絶壁《ぜっぺき》の地である。鳥のような視界だからこそ、空を間近に感じるのだ。

フェリアの返答にゾッドが唸《うな》る。視線を地に移し、ハッとしたかと思うと農機具小屋の屋根によじ登りそこから天と地を交互《こうご》に見る。

「フェリア様！　確かにたったこれだけの高さでも空を近くに感じるものですね」

ドスンと着地したゾッドが、愉《たの》しげに言った。

フェリアはクスクス笑う。

「王が頂に存在する意味がわかるわ」

ゾッドが首を傾《かし》げた。

「同じ高さでは多くを見られないから」

フェリアは、王城を見上げる。

何度も見上げた王城の意味を、フェリアは知った。

「空は万人《ばんにん》に見上げられる。空も万人を見渡《みわた》せる。王もそんな存在を目指すのね」

ゾッドが静かに膝《ひざ》を折って頭を下げた。

フェリアの王妃《おうひ》への階段は続いている。


昨日、マクロンとの三度目の親睦《しんぼく》を終え、後宮での生活は八カ月半を過ぎた。残る期間は三カ月半になる。

見上げた先の王城に居るだろうマクロンを想《おも》い、フェリアは頰《ほお》を赤らめた。

甘《あま》い余韻《よいん》を残した昨日の逢瀬《おうせ》がフェリアの体温を上げる。

だが、その余韻を楽しむ時間を天はフェリアに与《あた》えないらしい。

フェリアは、門扉《もんぴ》から入ってきた見知った顔を前に、余韻をスッと背後に隠《かく》し、悠然《ゆうぜん》と微笑《ほほえ》みながら声をかける。

「何かご用かしら？」

マクロンの許可があるからこそ、二人はここに来たのだろう。

フェリアは、今度はどんな難題かしらと、内心ワクワクしていた。


二日後。

「フェリア様！　すぐに6番邸《てい》の調理室にお越《こ》しくださいますようお願い致《いた》します」

バネッサが門扉を通るや否《いな》や、フェリアに懇願《こんがん》する。

「もしかして……」

あの二人が？　と問うまでもなく、バネッサが頷《うなず》く。

「薬草係が困っております。どうか、場を収めにお越し願えませんでしょうか？」

フェリアは出そうになるため息をなんとか抑《おさ》え込《こ》み、6番邸に向けて歩き出した。

「あのお二方が、後宮に居るのが私は納得《なっとく》できません」

ゾッドが不機嫌《ふきげん》な声を出す。

今日も、フェリアのお供はお側《そば》騎《き》士《し》の三人である。

「なぜ、許可なさったのですか？」

ゾッドの問いに返答しようと口を開きかけた時、少し先の6番邸から甲高《かんだか》い声が響《ひび》き渡《わた》った。

「オーッホッホッホッホ。その手にあるのは豆ですかぁあ？」

「なんですってぇえ!!」

ミミリーの挑発《ちょうはつ》に、サブリナが声を荒《あら》らげる。

「皮じゃなく、実をむいたような出来ですわね。オーッホッホッホッホ」

サブリナの手がプルプルと震《ふる》え出す。

「『タロ豆』が落ちてしまいますわよ。お気をつけになって」

ミミリーのさらなる挑発を受け、サブリナが強引《ごういん》に口角を上げて笑った。

「あーら、ミミリーさん。いつでもミミズをお供にしてますのね。ほら、足下《あしもと》に」

ミミリーがヒィィと後ずさった。

だが、そこにミミズはいない。

「私が綺麗《きれい》にむいたタロ芋《いも》の皮でしたわね。てっきりミミズかと。オホホホホ」

ミミリーの目がクワッと見開く。

「お目が悪くなるなんて……もう老化ですの？　ご無理をなさらず、タロ芋の皮むきは私にお任せを」

サブリナの目もグワッと見開き、二人は息がかかる距離《きょり》で睨《にら》み合う。いや、張りついた笑《え》みを交《か》わしている。ある意味、令嬢《れいじょう》らしいと言うべきか。

「オホホホホ。ミミリーさんったら、冗談《じょうだん》がお上手ね。ゴツゴツした石を持ったままタロ芋の皮むきはできませんわよ」

ミミリーの手を、サブリナが摑《つか》む。

「あら？　よく見たら、いびつにむかれた、見るからに手垢《てあか》たっぷりのタロ芋じゃないの。いいえ、『タロ石』ね。本当に見事な出来映《できば》えですこと。立派な彫刻《ちょうこく》師になれましてよ。オホホホホ」

「なんですってぇえ!!」

今度こそ、二人は睨み合う。令嬢の姿は脱《ぬ》ぎ捨《す》てたようだ。

周辺をネルがオロオロと動き回り、他の薬草係も遠巻きに見ることしかできない。

公爵《こうしゃく》令嬢と侯爵《こうしゃく》令嬢に注意できる強者《つわもの》は、薬草係にはいない。

フェリアは、その様子に笑いを堪《こら》えた。

「フェリア様、あんな具合ですよ。下働きといっても、迷惑《めいわく》にしかなっていないと思いますが」

ゾッドが呆《あき》れた声を出す。

フェリアはクスリと笑った。

「仕方ないじゃない。『他国の元姫妃《きひ》に教えて、なぜ自国の元妃《きさき》に教えてくださらないのか』なんて言われたら、断れないわ」

二日前、ゲーテ公爵とブッチーニ侯爵が31番邸に訪《おとず》れた。

今や、芋煮《いもに》は花嫁修業の一つになった。ダナン出身で芋煮を作れれば、他国からは引《ひ》く手数多《てあまた》の花嫁候補になるのだ。

令嬢が料理することに難色を示していた貴族らが、元姫妃が芋煮をマスターし、それを大いに誇《ほこ》り、次々に婚姻《こんいん》の申し出が舞《ま》い込んでいる状況《じょうきょう》を知るや否や、自身の娘《むすめ》にも芋煮をと思うのも無理はない。

そんな声に押《お》されて、ゲーテ公爵とブッチーニ侯爵がフェリアに直談判《じかだんぱん》するために登城したのだ。もちろん、先にマクロンの許可も取った上であった。

「だからって、あの二人がまた後宮に存在することが歯痒《はがゆ》く思います」

ゾッドがブスッとしながら、二人を見据《みす》えた。特にサブリナへ険しい視線を向けている。

ゾッドにしてみれば、サブリナはフェリアを攫《さら》おうとした黒幕であり、毒を飲ませようとした敵なのだ。警戒《けいかい》するのは当然である。

「そう？　ならば、気心の知れた仲良しだけ集める方がいいと思う？」

「信頼《しんらい》する仲間に勝《まさ》る存在はありません。周辺に危険人物を置くなど、私には理解できないのです」

ゾッドの鼻息が荒い。やはり、荒事《あらごと》を起こしたサブリナには手厳しい。

「騎士だからこその発言ね」

フェリアはチラリとゾッドを見る。

ゾッドが自信を持った発言だと示すように堂々と胸を張っている。

「私は、仲間を持たないわ。これからも……今までだってそうだったから」

ゾッドが『えっ』と声を溢《こぼ》して反応した。

「……私たちお側騎士は、仲間ではないのですか？」

その声には、強《こわ》ばりや怒《いか》り、寂《さび》しさが混ざっていた。

「空になれないからよ」

フェリアのそのひと言で、ゾッドが大きく息を吐《は》いた。数日前の会話を思い出したのだろう。

フェリアは再度ゾッドを見る。

穏《おだ》やかな顔がそこにあった。

「空は人を選べません、いや、選ばないですからね」

フェリアはフフッと笑う。

「好きな者だけを侍《はべ》らせたら、私は王妃になれないわ。カロディアにいた時に……仲間は捨てた。だって、目の前の仲間を犠牲《ぎせい》にして、領を守らなければいけない時があったから」

フェリアは、魔獣《まじゅう》に足を噛《か》まれた幼なじみを思い出していた。彼《かれ》を助ける選択《せんたく》をせず、領を守る選択をして以来、フェリアは仲間を持たない決心をした。

フェリアがカロディアで嫁《とつ》ぎ遅《おく》れになった原因でもある。

「皆《みんな》は同志よ」

お側騎士にフェリアは告げる。

「仲間と同志は違《ちが》うわ。仲間なら共に生きようと助け合うけれど、同志なら志に従うからこそ……切り捨てる。私の存在がマクロン様を脅《おびや》かすなら、骨一本残さず消しなさい。今後、マクロン様が脅《おど》しを受けるなど、私の矜持《きょうじ》が許さないもの」

先の事件のことを言っている。アルファルド国王弟の嫡男《ちゃくなん》ハロルドと、マクロンのいとこアリーシャが起こした事件は記憶《きおく》に新しい。

フェリア自身の存在がマクロンのアキレス腱《けん》になるのだ。

「王様と同じ命令を出されるのですね」

ゾッドが王城に視線を移す。

「髪《かみ》の毛《け》一本でさえ、フェリア様の存在を王様の傍《かたわ》ら以外に置くなと命じられました。そして、それができぬなら、何者にも奪《うば》われぬように跡形《あとかた》もなく消せと。私たち自身も同様に」

フェリアは込み上げるものを抑《おさ》え、『そうね』と呟く。

「そんなことは、もう起こさせませんから」

それが、ゾッドらお側騎士の決意だ。

「だからこそ、どうか私たちに先の失態の罰《ばつ》を与えてほしいのです」

ここのところ、毎日懇願される発言にフェリアは肩《かた》を竦める。

「じゃあ、タロ芋でもむく？」

視線の先には、サブリナとミミリーがまだ争いを続けている。

「私は大雑把《おおざっぱ》なので、『豆』になってしまいますよ」

ゾッドがポリポリと頭を掻《か》いた。

「俺《おれ》らは不器用だから、『石』になるよな」

残りの二人も追随《ついずい》する。

「「ちょっとぉお！」」

ズンズンとサブリナとミミリーがお側騎士に向かってきた。

「流石《さすが》は令嬢たる二人ね。地獄耳《じごくみみ》もきっと淑女《しゆくじよ》教育の賜物《たまもの》なのよ。さあ、罰を受けてきなさい」

フェリアは三人のお側騎士らの背を押した。

「フェ、フェリア様。私たちを生《い》け贄《にえ》にしないでください！」

その言葉でさらにサブリナとミミリーが噴火《ふんか》するのだった。

「それで、三人を残してきたのですか？」

ペレがフォフォフォフォと笑った。

「ええ、そうよ。罰を受けたがっていたから」

フェリアはチロリと舌を出す。

「考えましたな。あのお二方の処遇《しょぐう》も」

ペレがニッと笑った。

「王様の権限で働かせたら、予算の無駄遣《むだづか》いになりましょう。さらに、元妃の召喚《しょうかん》になってしまいます」

「だから、私の予算下の直轄《ちょっかつ》事業に置いたわ。薬草係の下働きなら、ミミリーの不敬やサブリナの大罪の罰にもなるから」

指揮管理体制がハッキリ決まったからこその采配《さいはい》である。

マクロンがゲーテ公爵とブッチーニ侯爵をフェリアの元に向かわせたのには、そんな算段が働いたからだろう。

フェリアがそれに気づかないわけがない。

「さてさて、今後も王城での下働きを希望する令嬢が出てきましょう。お二方を採用したことで、その要望は断れなくなりますな」

「ええ、そうなるわね。それが直近の問題だわ」

フェリアはニーッコリ笑んだ。

フェリアの企《たくら》みを浮《う》かべた笑みに、ペレが『ウッ』と喉《のど》を鳴らす。

「自身が招いた問題を、まさかこちらに投げたりはしませんよね？」

「ペレは、早々に職務放棄《ほうき》するの？」

フェリアは優雅《ゆうが》にお茶を飲む。

「心外ですな。私の職務は妃選びと……統括《とうかつ》長」

ペレの語尾《ごび》が小さくなり言葉が途切《とぎ》れた。

「ええ、事業も管理する統括長よね！　そちらの管理下の事業係を起動してもらうわ。問題の中に、新たに成長する種があるの」

「つまり、事業に繋《つな》げよと？」

「フフフ……フフフフフ、新たな収益になるように考えて。要望って『ただ』では引き受けないものよね」

ペレの口角がヒクヒクと動いている。

「そのようなことを考える王妃が居《お》りましょうか？」

「ここに居るわ」

フェリアは手元にある書類をペレに渡す。

「この間まで、見習いなんて嫌《いや》だと退いた者らも戻《もど》りたいと願うかもしれないわね」

「……相変わらず、フェリア様は侮《あなど》れません」

ペレの手元には王城を退いた者の名簿《めいぼ》があった。

フェリアは澄《す》ました顔をする。

「ですが、その優《やさ》しさが自身を苦しめることにもなり得ましょう。確かに王妃という地位は、民《たみ》を見捨てたりしません。王様もまた厳しいようでいて、最終決断に慈悲《じひ》が入ります。伯爵《はくしゃく》がその例でしょう」

フェリアの昏睡《こんすい》をハロルドと共に主導した伯爵は、アルファルドに永久追放となった。次期王妃に手をかけた大罪にしては手ぬるい処罰である。それがペレの杞憂《きゆう》なのだ。そして、フェリアにもそれを感じている。

「そうよ、善人だろうが悪人だろうがダナンの民だもの。頂にある者が簡単に誰《だれ》かの首に手をかけたら、国中が恐怖《きょうふ》に陥《おちい》るわ。安易な正義の鉄拳《てっけん》は一時の感情を満たすだけ。私を嘲笑《あざわら》った者、嫌悪《けんお》する者、陥《おとしい》れようとした者、傷つけようとした者らを軒並《のきな》み排除《はいじょ》したら、なんと言われるかしら？」

「独裁者ですな」

フェリアは頷く。

「頂にある者が誰かの首に手をかけるなら、代償《だいしょう》が必要になる。独裁とならぬために自身も痛みを負わなければならない。そうやってバランスが取れるのだもの」

「そうですな。私もそうやって四年前、クビになりました」

「私も同じよ、ペレ。いち早く同志の首に手をかけるわ。民を見捨てぬのは優しさじゃない。同志を差し出す痛みを負わないためよ。痛みは最終手段だわ」

「私がフェリア様にお教えすることはもうないようです。王妃教育は表向きには続きますが、内々には終了《しゅうりょう》です」

フェリアの顔はパァッと明るくなる。思わず立ち上がり、ピョンピョン跳《は》ねて『ヤッター』と叫《さけ》んだ。

「内面は合格ですが、外面はすぐにボロが出ますね。王妃教育は終わりましたが、肝心《かんじん》の淑女教育……つまり、振る舞いはまだまだ身についておりません。終了はほど遠いですな」

「へ？」

フェリアはピタッと止まって固まった。

ペレが腰《こし》に手を置き、ニヤリと笑んだ。

「みっちり、しごきますぞ」

フェリアはガクンと肩を落とす。

これぞ、31番邸のいつもの光景である。

2 懐かしい風

その日も、6番邸《てい》ではサブリナとミミリーの戦いが繰《く》り広げられていた。

数日も経《た》てば見慣れた光景になり、誰《だれ》もが素通《すどお》りする。いっさいの仲裁《ちゆうさい》をせず、なだめることも、たしなめることもしなければ、注意もしない。フェリアがそう指示したからだ。

本日、二人に言い渡《わた》されたのは、畑仕事である。

「オーッホッホッホッホ、稀《まれ》に見る完璧《かんぺき》なへっぴり腰《ごし》ですわね、サブリナ様」

今日も先制攻撃《こうげき》はミミリーだ。

「オホホホホ、ミミリーさんこそ、稀代《きたい》のほっかむり美人ではありませんか。ほっかむりしながらも、その縦巻きロールを見せる美意識の高さに乾杯《かんぱい》ですわ。あら嫌《いや》だ、完敗ね」

流石《さすが》のサブリナの返しである。

こう毎日機転の利《き》く返しを秒で言い合う二人を、何気に6番邸の者らは心の中で感心していた。

フェリアもそんな二人を眺《なが》めながら、一時の休憩《きゆうけい》を楽しんでいる。毎日のお茶の時間は6番邸で二人を眺めながらになっていた。

毎日、呼び出しをくらい、いちいち31番邸から6番邸に移動することになっていた手間を考えてだ。最初からお茶の時間は6番邸に行くからと、専属の女官にも侍女《じじょ》にも、薬草係にも伝えてある。

そんな6番邸に珍客《ちんきゃく》が突如《とつじょ》乱入してきた。

「嫁《よめ》は、嫁御はどこじゃぁぁぁぁ!」

コッテコテのゴッテゴテ、重量はいかばかりかと思うほど幾重《いくえ》にもシルクがあしらわれ、それでいて全てにドレープたっぷり。まるで逆さチューリップのようなドレスを着た婦人が、仁王《におう》立《だ》ちして叫《さけ》んでいる。

それから、虹色《にじいろ》以上を配色された目に痛いチューリップドレスをバッサバッサと振《ふ》りながら、6番邸に突入《とつにゅう》してきた。

「うわっ!　ミミリーよりも派手」

フェリアは思わず言葉にしてしまった。

ギュインと、ミミリーの首がフェリアの方に回る。

目から攻撃力あるビームを浴びせられる寸前でフェリアは扇子《せんす》を広げて遮《さえぎ》った。

「フゥ、危なかった」

そんなやりとりをしている間にも、その婦人は暴走している。

「嫁ぇぇ！　嫁御や、出てこーい！」

全くもって、意味不明な発言を続ける乱入者に、フェリアの周辺は警護が強固になっていた。たった一人の婦人とはいえ不審者《ふしんしゃ》である。

しかし、いつものお側騎士《そばきし》は居ない。本人らが懇願《こんがん》した罰《ばつ》を受けている最中だからだ。罰といっても、皮むきではなく、フェリアから課題が出されただけで、それをクリアしたらお側騎士に戻《もど》れるという甘《あま》い罰である。

「フェリア様、ご存じの方ですか？」

若い騎士が、フェリアに確認《かくにん》する。

「いいえ、あんなチューリップ珍獣《ちんじゅう》、知っていたらすぐにわかるわ」

「では、このまま回避《かいひ》して31番邸に戻ります。あの不審者は王城兵が対処しましょう」

フェリアを囲みながら警護騎士は動き出す。

「そう？　この後宮に入ってきたのなら、きっと身元はハッキリしていると思うのだけど」

フェリアは、騎士の肩越《かたご》しにチューリップ婦人を見る。

その婦人を囲むようにすでに王城兵が間合いを取っていた。

そこへ、いつもの顔が現れた。

「ソフィア貴人！」

ビンズが婦人に突進《とっしん》して、その両腕《りょううで》を後ろから拘束《こうそく》した。

　ビンズの行動に、皆《みんな》が目を丸くしている。

　いくら乱入してきたといっても、婦人を呼び捨てた上羽《は》交《が》い締《じ》めにするとは騎士の行動として褒《ほ》められたものではない。

「ビンズかぇ？」

「はい。あなたのお気に入りのビンズです」

　スッとビンズは拘束を解く。

　直《す》ぐさま、婦人が振り返ってビンズに抱《だ》きついた。

「おお、ビンズや！　こんなに大きくなって。立派になったものじゃな」

　ビンズがやや強引《ごういん》に婦人を引《ひ》き剝《は》がす。

「ソフィア貴人様、お久しぶりにございます」

「ああ、久しいな」

　婦人の暴走が収まったところで、ビンズが騎士に囲まれ警戒《けいかい》中のフェリアたちへ視線を移した。

　婦人もビンズの視線を追う。

「おお！　あれが嫁御かぇ!?」

　収まった暴走が再燃しかけ、ビンズが『違《ちが》います！』と婦人の足を止めた。

「あなたのご子息のお嫁になられるお方は……」

ビンズが辺りを見回し、ギョッとする。

「あちらのほっかむりのご令嬢《れいじょう》、ミミリー様にございます」

6番邸がどよめいた。


フェリアの対面にチューリップ婦人――いや、『ソフィア貴人』がニコニコしながら座していた。

その横には挙動不審気味のミミリーが座《すわ》っている。なぜか、ソフィアにガッツリ手を握《にぎ》られている。

「こんな可愛《かわい》いご令嬢が家の息子《むすこ》の嫁御になるとは、ほんに嬉《うれ》しいぇ」

ソフィアがミミリーの手をサスサスと撫《な》で回す。

ミミリーがなぜか、フェリアに救いを求める視線を投げかけてきた。

しかし、フェリアは優雅《ゆうが》にお茶を飲むだけだ。まだ、紹介《しょうかい》もされていない者と会話することはない。

フェリアはビンズの発言を待った。

「ご紹介致《いた》します。こちらは先の王様の第一側室で在らせられましたソフィア貴人でございます」

ミミリーの縦巻きロールがプルンと揺《ゆ》れた。

フェリアはまだ優雅にお茶を飲んでいる。

「下賜《かし》先のベルボルト領にて、伯爵夫人《はくしゃくふじん》の双子《ふたご》の弟君を養子に迎《むか》えられ、この度《たび》ブッチー二侯爵《こうしゃく》家のご令嬢ミミリー様との縁談《えんだん》を進めるべく、登城なさいました」

ミミリーが瞬《まばた》きも忘れて大きく目を見開いたまま固まった。

ソフィア貴人なる者の詳細《しょうさい》な情報を知らなければ、頭が混乱する内容だ。

フェリアは瞬時《しゅんじ》に頭を回転させる。ペレから受けた王妃《おうひ》教育を思い出し、王家の系図を頭に描《えが》く。

先王の側室は第一側室と第二側室の二人。王妃が亡《な》くなった後しばらくして、一人は『臣下に下賜』され、もう一人は『領に下賜』された。

臣下への下賜は、もちろん奥方《おくがた》として身元を引き受けるもの。第二側室は奥方となり、先王との間に生まれた二人の姫《ひめ》も年頃《としごろ》になると嫁《とつ》いでいった。

第一側室は奥方の地位を望まず、本人たっての希望で、親友の居る領に一粒種《ひとつぶだね》の姫と一《いっ》緒《しょ》に下賜された。それがベルボルト領である。

領への下賜により、通称《つうしょう》が『貴人』となった。他に言いようがないからだ。貴人という呼称《こしょう》は正式なものではない。

親友が双子の男児を産むと、一人を養子に迎え二児の母になった。跡継《あとつ》ぎ問題を生じさせないために貴人が引き受けたらしい。

姫は公女となり、先王の存命中に遠方の他国に嫁いでいる。先王が急逝《きゅうせい》する数年前のことだ。

フェリアは一瞬《いっしゅん》で情報を引き出して、ソフィアに微笑《ほほえ》んだ。

すかさず、ビンズが言葉を続けた。

「こちらが、次期王妃に決定されましたフェリア様でございます」

ソフィアがミミリーからやっとフェリアへと視線を移す。

「優雅であられますなぁ。民《たみ》はそんなに優雅な時間を過ごせませんぇ。もし、私が未《いま》だ王族の末席に座っていたなら、あなた様はいわゆる嫁に当たりますな。立場上、苦言を呈《てい》するでしょうぇ」

ソフィアが、フェリア同様に朗《ほが》らかに笑いながら言う。貫禄《かんろく》が漂《ただよ》っていた。

淑女《しゅくじょ》の初見の挨拶《あいさつ》とは、こういうものだ。この程度のことを言えぬなら、社交の場には出られはしない。

毒を吐《は》けぬなら、まだ赤子。社交界に出る資格はない。

ソフィアの挨拶はまだ続く。

「汗水垂《あせみず》らしてこそ、民のなんたるかがわかるのです。苦労せず、着飾《きかざ》ってばかりの花ではいけませんぇ。この嫁御のように、土に触《ふ》れ汗を流すのです。自身の位にあぐらをかいてはいけませんぇ」

……おそらく、皆が思ったであろう。その苦言を受けるのは、ミミリー本人であろうと。ソフィア以外全員が内心そう突《つ》っ込《こ》んでいたに違いない。

込み上げそうになる笑いを皆が必死に堪《こら》えているにもかかわらず、ソフィアが続けてしまう。

「ほっかむりまでして、畑仕事をする嫁御をご覧なさい。それでいて、令嬢であることを失わぬ縦巻きロール。完璧な出《い》で立《た》ちじゃ」

ゴホッ、ブホッ、とそこかしこで咳《せ》き込む声が聞こえ出す。

遠くで聞き耳をたてているサブリナが盛大《せいだい》に噴《ふ》き出している。

「同意しますわ、ソフィア貴人。私も明日以降畑仕事を致しましょう」

溌剌《はつらつ》と満面の笑みで答えたフェリアの視線は、『しまった！』と顔に出ているビンズに向かっていた。

フェリアのさらに上を行く返答に、誤魔化《ごまか》しの咳き込みむなしく、笑い声が6番邸に響《ひび》き渡《わた》った。

腹をよじりながら笑う者らを、ソフィアが不思議そうに眺めている。

ミミリーだけが真っ赤になってプルプル震《ふる》えていた。

ビンズから報告を受けたマクロンは、ひとしきり笑った後、『貴人の苦言だから仕方ない。フェリアに畑仕事の許可を出す』と告げた。

婚礼《こんれい》が数カ月後に迫《せま》っているため、日焼け防止や肌《はだ》の手入れなどが理由で、フェリアは畑仕事を禁止されていた。それだけでなく、昏睡《こんすい》の影響《えいきょう》を鑑《かんが》み、医師が難色を示しているからだ。

「安静ばかりでは体力も落ちてしまうであろう。逆に体に良くない。そろそろ畑仕事をしても良かろう」

マクロンは鍬《くわ》を手にするフェリアを思い浮《う》かべ、顔がほころぶ。

「それにしても、ソフィア貴人の養子息様とミミリー様の縁談とは、ブッチーニ侯爵様も考えたものですね」

マクロンの不興を買い、王妃にも側室にもなれず、縁談の申し出も失態のせいか皆無《かいむ》なミミリーに、とっておきの縁談を考えついたのだろう。

「そうだな。トントン拍子《びょうし》に進むといいがな。あのゴテゴテ感は、ミミリー嬢と何気に通じるものがあると思わんか？」

マクロンは、面会に訪《おとず》れたソフィアの出で立ちを思い出す。

「フェリア様は、『チューリップ婦人』と命名したようですよ」

マクロンはブッと、噴き出した。

「それで、ソフィア貴人は今どこに？」

「31番邸に移動しました。亡き王妃様の形見をフェリア様にお譲《ゆず》りになるそうで、荷物を運び入れている最中です」

ビンズが優《やさ》しい声で告げる。

「そうか……相変わらず、あの方はなんだかんだ言っても、世話好きな御仁《ごじん》なのだな」

マクロンは母が亡くなった日を思い出していた。


エミリオ出産後に、容態が急変し雨の訪れと共に母は息を引き取った。まだ十歳《さい》だったが、記憶《きおく》は鮮明《せんめい》だ。

『死を見せない方が残酷《ざんこく》よぉっ！』

ソフィアの声が廊下《ろうか》に響く。

背中を押《お》され、退室させられそうになっているマクロンの手を奪《うば》い、ソフィアが母の元に戻した。

『ちゃんと見るの。ちゃんと、っ……』

ソフィアが声を詰《つ》まらせた。嗚咽《おえつ》を抑《おさ》えようと手がマクロンから離《はな》れる。

マクロンは、ソッと母の頬《ほお》に触れた。本当は手を握りたかったが、父が母の両手を包んでいたからだ。

『母上？』

それ以上は紡《つむ》げなかった。

答えぬ代わりに雨がザーッと降り出す。

父が母の両手を放し、体にすがりつく。

マクロンの視線はそんな父には向かず、ストンと落ちていく母の腕にあった。

落ちて動かなくなった腕が、マクロンに母の死を認識《にんしき》させたのだ。

それを残酷だと言う者もいよう。幼い子に、見せるものではないと。だが、マクロンは認識したからこそ、踏《ふ》ん張《ば》って立っていたのだ。

そういえば、フェリアの時も……

「王様。王様……」

ビンズの声にハッとする。

「あ、ああ。すまない。ちょっと、思い出していた」

「はい。私も思い出していました。あの方のおかげで、身分の低い私が王様のお傍《そば》に居られますから」

マクロンはフッと笑う。ビンズの思い出していたことと、自分の思い出していたことは別のことだ。

マクロンはあの日の記憶を誰にも話していない。元より、幼いマクロンにそんなことを話す場はなかったし、大人になればなったで、口にする機会もなかった。それを吐露《とろ》できる親族は王都で離ればなれだったのだ。

その王都で出会ったビンズが今、マクロンの傍で仕えている。

「そうだな、世話好きのソフィア貴人の尽力《じんりょく》で、雑用係として召《め》し上げられたんだったな」

エミリオを捜《さが》して、王都に飛び出したマクロンを救ったのは烈火《れっか》団団長のビンズだ。マクロンより三つ年上のやんちゃな男児は、何度もマクロンのお忍《しの》びに随行《ずいこう》し、兄貴分のようにマクロンを従えた。

その関係が変わったのは、マクロンが持参したマントがあまりに豪華《ごうか》で、ビンズがマクロンの素性《すじょう》を探《さぐ》ったことが始まりになる。

「あの時分は、周辺警護の騎士が周りにいたことさえわかりませんでした」

「ああ、私も気づいていなかった。城から脱走《だっそう》して、王都でお前らと遊んでいたことは全部、父上には報告が上がっていたのだったな」

マクロンとビンズは互《たが》いに顔を見合わせて、懐《なつ》かしげに笑う。

もちろん、脱走したマクロンは城門を使っていない。ペレが手引きして、マクロンを出入りさせていたという、間抜《まぬ》けなオチのつく脱走である。

父に知られぬはずはない。それでも、最初の脱走は気づかれず、王城は大騒《おおさわ》ぎになった。

「まさか、マントで気づかれるとはな。あれは……確かソフィア貴人の部屋から拝借したものだった」

マクロンは、思い出した記憶に苦笑いする。

「あのゴッテゴテは目を引くからな。幼心にあれを羽織ったらさぞ気分がいいだろうと思ったものだ」

「そのせいで、団長の私のマントがかすんでしまい……」

「奪っていったのだったな」

「いやいや、交換《こうかん》したのです。お忘れですか?」

そこで、マクロンとビンズはまた笑った。

ボロ布マントでは、団長として恥《は》ずかしいと感じたビンズが、言葉巧《たく》みにマントを交換したのだ。

「あの方が私の後《うし》ろ盾《だて》になってくれたことで、王城への出入りが許されました」

ビンズは、元は平民だ。王城で容易に働けるような身分ではない。

優秀《ゆうしゅう》な平民なら口利《くちき》き等で召し上げられるが、王城や貴族と何ら繫《つな》がりのない平民がおいそれと城勤めなどできない。

ソフィアが後ろ盾になり、出入りが可能になったのだ。

「わけもわからず、王城勤めが始まり……一カ月後に弟分が王子様だと知らされた時は、本当に腰《こし》が抜けましたね」

「ああ、私もソフィア貴人の雑用係をしているビンズを見て驚《おどろ》いた。ペレとソフィア貴人にまんまとやられたな」

マクロンの脱走を止めるべく、ビンズを王城で働かせ、共に鍛《きた》え上《あ》げればいいのだと進言したのはペレで、身分の低いビンズの後ろ盾になったのがソフィア貴人である。

「本当に縁《えん》とは不思議なものだ」

「あの方の『お側役《そばやく》』になれたのは、きっと何かのご縁なのでしょう」

ソフィアは、雑用係のビンズを仰々《ぎょうぎょう》しく『こやつはお側役だ』とからかい、身近に置いて、あれやこれやと雑用をさせたのだ。

マクロンは、ビンズの肩をポンポンと叩《たた》く。

それから、真顔になりビンズの耳元で告げる。

「ソフィア貴人の目的を調べろ」

懐かしい記憶を打《う》ち砕《くだ》くような冷淡《れいたん》な声であった。

ビンズにとっては心苦しい命令だ。最も恩義のある者を、疑うかのように調べなければいけないのだから。

「私は、二度と同じ間違いは起こせぬ」

マクロンの言う間違いとは、先のアルファルドの事件のことだ。自身が招き入れた者によって、フェリアが危険な目に遭《あ》わされたのだ。自身の甘さを痛感した。

ペレも、そしてゾッドらもそれは痛感していることだ。

ビンズも同じである。

「はい。一両日中に」

マクロンは、ビンズの背に『すまぬな』と心の中で謝《あやま》る。友を傷つけても、出させねばならぬ命令があるのだ。

31番邸にたくさんの荷物が運び込まれた。

サロンは足の踏み場もない。こんなにわかりやすい嫌がらせはないだろう。

フェリアは、この惨状《さんじょう》に頬をヒクヒクさせていた。

「私からのお祝いと、先の王妃様の形見の品ぇ。まさか、要《い》らぬとは申さぬな？」

ソフィアが挑戦的《ちょうせん》な瞳《ひとみ》でフェリアに告げる。

挑発だとわかっていても、それに乗るのがフェリアである。

「もちろんですわ。ソフィア貴人にとって『要らぬ』形見の品を、私が引き受けますわ」

挑発には挑発を。フェリアらしい応酬《おうしゅう》だ。

ドンという音と共に、ソフィアのドレスがブワンとふくらんだ。

「大きな地団駄《じだんだ》ですね」

フェリアは扇子を開き、口元を隠《かく》す。『笑っています』を隠す行為《こうい》だ。

社交経験の浅い小娘《こむすめ》に、笑われる婦人の図は、まさにここが後宮であると感じさせるには十分であった。

フェリアの若い専属女官と侍女たちが、口元をほんの少し上げる。

それを、ソフィアの二人の侍女が唇《くちびる》を噛《か》み締《し》めながら睨《にら》んでいた。

それでも、やはり経験豊富な婦人は、一拍《いっぱく》だけで表情を作り直し、『フフフーン』と笑った。

「ええ、若い時分のドレスや宝飾品《ほうしょく》ですぇ。年というものは残酷で……体型の変化で着られぬのじゃ。せっかく王妃様から賜《たまわ》ったものですのに」

オヨヨヨと泣きそうな、なんとも芝居《しばい》がかった動きで目頭《めがしら》を押さえつつ、ソフィアは荷物の一つを開けてみせた。

これぞ年代物というに相応《ふさわ》しいドレスが顔を出す。

それも一箱に一着のドレスという梱包《こんぽう》は、そのドレスの厚みのせいだ。なんとなく、皆が思う。これは、ソフィア貴人のドレスではないかと。

「これを、本当に先の王妃様が？」

ソフィアがニンマリ笑った。

「ええ、そうですぇ。王妃である、側室であると一見してわかるように、他の婦人や令嬢らと一線を画しておりましたしなぁ」

ソフィアの出で立ちは、そんな意味もあったのだ。

そこでソフィアも扇子を開き、口元を隠す。フェリアを上から下までじっとり眺め、フッと鼻で笑った。

「次期王妃ともあろうお方が、どこにおわしまするかわからぬ出で立ちとは……示しがつきませんのぉ」

今度は、ソフィア側の侍女が目を弓なりにした笑みで応戦する。

フェリアとソフィアだけでなく、背後でもバチバチッと火花が散っていた。

ソフィアの追撃《ついげき》は続く。

「王様も、きっと見知ったドレスぇ。嫁が亡き母のドレスを愛用すれば、きっと嬉しかろうと思うてのぉ」

ソフィアが箱からドレスを取り出し、フェリアにあてがった。

「ほれ、これなら誰がどう見ても王妃様じゃ」

奥《おく》の方に控《ひか》えていたバネッサがスッと姿見を持ってきた。

「気の利く者も居るようじゃな」

バネッサが頭を下げる。

その横で、ケイトが珍《めずら》しく眉《まゆ》を寄せていた。

フェリアの視線にケイトが気づき、ソッと戸口へと瞳を逸《そ》らす。外で話す内容があるという合図だ。

フェリアは、瞬きを二回して了承《りょうしょう》の意を返した。ほんの一瞬でそれらを交《か》わし、何食わぬ顔で、姿見を確認する。

「ありがたく、着用させていただきますわ」

フェリアは微笑んで答えた。

ソフィアが満足そうに頷《うなず》く。

この勝負、ソフィアに軍配が上がったようだ。もちろん、やすやすとフェリアが引くはずはないが。

だが、それは今ではない。

「もっと、話していたいところじゃが、『本物の嫁御』を待たせておるでな」

フェリアの神経を逆なでするように、ソフィアがあえて本物を強調し発言している。息子の嫁こそ、確かにソフィアにとって実際の嫁になるだろう。しかし、それを『本物』と称することで、フェリアを貶《おとし》めているのだ。

まるで、フェリアを『偽物《にせもの》の王妃（嫁）』とでも言わんばかりの印象を与《あた》えるが、その口は『偽物』とはいっさい発していない。

狡猾《こうかつ》な貴族と同じく、ソフィアもなかなかやるものだ。

これが先の後宮で第一側室であった者の実力なのだろう。

だが、フェリアは大人しく黙《だま》っていない。澄《す》ました顔で、先の王妃のドレスを再度自身にあてがう。

「『真の王妃』になれるよう努力しますわ」

たった一言の返しで、場の空気が一変した。

『真』は本物以上を印象づける。本物を超越《ちょうえつ》した頂点の言葉だ。

皆がハッとフェリアを仰《あお》ぎ見《み》る。王妃の器《うつわ》たる者がそこにいる。

フェリアとソフィアの真剣《しんけん》な眼差《まなざ》しが交わった。

今までのようなある種戯《たわむ》れといったものではない。

「良い心がけじゃ」

重なった瞳は一瞬では離れず、猛獣《もうじゆう》が互いに睨みを利かせ間合いを取っているように見える。

だが、ソフィアが先に瞳を逸らした。踵《きびす》を返し、邸宅《ていたく》を出ていったのだった。


ソフィアが去ってもなお、サロンは静まっていた。

誰も一言も発しない。

フェリアはドレスをソッと箱にしまう。それから、少し俯《うつむ》き気味のベテランの女官や侍女たちに向けて指示を出す。

「バネッサを中心に中を確認して。検分なくここに運び込まれた荷物よ。それから……先の王妃様の形見だけ私の私室に。あなたたちなら、わかるのでしょ？」

先の王妃が健在だった頃《ころ》から王城に勤めている者らだから。

ベテランたちが小さく頷いた。

「片づくまで、外にいるわ」

ケイトがスッとフェリアに連なる。

外に出ると若い騎士も少し離れてついてくる。お側騎士はまだ戻っていない。

「本当に縁談が目的かしら？」

ソフィアが登城した目的だ。

フェリアの問いにケイトがすぐに答えることはなく、何か考え込むようにしている。

フェリアは邸内を散策する。行き先は、稀少《きしょう》な種を蒔《ま》いた畑だ。

通常六カ月かかる種までの収穫《しゅうかく》をたった五カ月という早さで終えた。土壌《どじょう》の良さで、発芽と開花が二週間ずつ早まったからだ。

種の収穫は、昏睡後になった。ちょうど、ガロンが王城に滞在《たいざい》していたことで、種は三等分して、カロディアとフェリア、薬草係へと分配された。保管場所は機密事項《じこう》である。

種を収穫した後は、葉干しに一カ月、茎《くき》干しに一カ月かけてから根ごと引き抜き、分離《ぶんり》する作業をしなければならない。葉も茎も貴重な薬になるのだ。

しかし、畑仕事の許可が出ず、眺めているだけだ。

フェリアは、畑の前で止まった。

伝えることが決まったのだろう。フゥと息を吐き出したケイトの口が言葉を紡ぎ出す。

「先の王妃様が信頼《しんらい》していた側室は、ソフィア様だと聞いています」

ケイトの言葉にフェリアは振り返った。

「そして、ソフィア様が後ろ盾となり、王城に上がれた者がたくさん居《お》ります」

フェリアは問わずにはいられない。

「もしかして、バネッサも？」

ケイトは答える代わりに、邸宅を見る。

「バネッサだけでなく、あの専属の中にも居るのね？」

「はい。それだけではありません。ソフィア様は、ビンズ隊長の後ろ盾でもあります」

「そう……つまり、先の王妃様に留まらず、ビンズも……ペレの信頼も得ている方なのね。あの者らは、長老の選んだ専属だもの。そして、王城のそこかしこに恩を受けた者が居る。それは、マクロン様もなの？」

　フェリアの表情は固くなる。

　ケイトは首を横に振らない。だからといって、縦にも動かなかった。

　フェリアは空を見上げ、ハァと息を吐く。

　母の信頼する人物を、マクロンが信用しないわけがない。

「なんだか、今さらだけど……前途《ぜんと》多難ね。後宮に上がったばかりの頃のようだわ」

　フェリアは肩を竦《すく》めて、『ウフフフフ』と笑った。

「またそのように……」

　ケイトの小言が始まった。フェリアが王城内の諍《いさか》いや、自身に向く危険に物怖《ものお》じせず、自ら飛び込んでいくことへの注意である。

「フェリア様、今回は分が悪いですからね」

「そうみたいね。ところで、私って本当に王妃に見えないのかしら？」

　フェリアはコテンと首を傾《かし》げた。

　ペレもソフィアも同じ指摘《してき》をしているから、訊《き》いてみたくなったのだ。

「全く見えませんね」

寸の間もなく即答《そくとう》するケイトに、フェリアはまたもやガクンと肩を落としたのだった。


空の木箱が次々に邸宅から出てくる。

昨日のソフィアからの荷物の整理がついたようだ。

フェリアの指示で一部をナタリーたちに引き取らせた。そのことは、ベテラン勢には内《ない》緒《しょ》にしてある。仕立て直しをせずにはドレスを着用できないからだ。

だが、先の王妃のドレスにはさみを入れることを、もしソフィアが知ろうものなら、難《なん》癖《くせ》をつけてくるだろうとフェリアは判断した。どんな繋がりがあるかわからぬベテラン勢に知られるわけにはいかない。

フェリアは忙《せわ》しなく動く女官や侍女らを眺める。そして、つと王塔《とう》を見上げた。

『マクロン様も同じ？』

何が同じか、心の機微《きび》を口にしたくないフェリアは無言でマクロンに問いかける。

『あの者らは、私とソフィア貴人のどちらを……』

信頼の難しさにフェリアは直面していた。

仲間よりも同志。それがフェリアの信念だ。

ポッと出の人物より恩義のある人物を信じるのは当然だ。

　だが、同志となったなら別だろう。恩義と志、騎士に求められるのは志だ。血の絆《きずな》より、友情より、恩義より、主《あるじ》を守る芯《しん》を持つこと。それが志。例え、目の前で親が助けを求めていても。だから、騎士は家庭を持たない者が多い。守る唯一《ゆいいつ》は主だからだ。

　フェリアは働く女官や侍女から目を逸らす。

　フェリアにとってあの者らはまだ同志になり得ていない。

『四年前、マクロン様はどうやって乗り切ったの？』

　今のフェリアの状況《じょうきょう》は四年前のマクロンと同じだ。後宮内の風通しは良くなった。だが、それ以上の強い繋がりには育っていない。まだ、新しい体制は始まったばかりだからだ。

　四年前、ペレらを切り、たった一人でダナンを背負ったマクロンに問いかける。

　周りの誰彼《だれかれ》構わず信じることなど無理だ。どんなに貴族や臣下、配下の情報を学んだとて、心の内まではわからない。

『どこまで信じればいいのだろう？　それとも王妃とは……王とは、孤高《ここう》でなければいけないのかしら？』

　そんなことを考えているフェリアは、近くまで来た人物の存在に気づかなかった。

「姉上」

　フェリアはまだ自問の中にいる。

『ううん、マクロン様だって忠臣が傍にいる。……ソフィア貴人の息のかかった』

『でも、忠臣ならきっとどんなに恩義があろうと、マクロン様……ううん、ダナンの行く末を重んじるはず。その信頼あって傍につかせているはずだもの』

「あ・ね・う・え!!」

フェリアは大きな声にびっくりして、『ヒャッ』と飛《と》び跳《は》ねた。

「姉上、珍しく呆《ほう》けておりましたね」

エミリオがフェリアの顔の前で、手をヒラヒラさせる。

「エミリオ!」

「はい。エミリオです」

「どうしたの?」

「は?」

二人して同じ方に首を傾げる。

エミリオが腕組みし、口を尖《とが》らせた。

「管理指揮の責任者エミリオです! 打ち合わせに来ましたよ!」

「あ……そうだった」

管理指揮の責任者エミリオとの打ち合わせは、一週間に一度行うことに決まっていた。

フェリアの昏睡でお流れになっていた打ち合わせが、今日初めて行われる。

「姉上?」

「お疲《つか》れですか？」

「そうね」

エミリオの出現に、フェリアはなぜだか安堵《あんど》の思いを抱き、自然と顔がにやけていた。

「普通《ふつう》、疲れていても、大丈夫《だいじょうぶ》だと言うものですよ」

「エミリオに嘘《うそ》はつかないわ」

フェリアの天然砲《ほう》が炸裂《さくれつ》した。その発言は、エミリオに対する信頼でもある。

エミリオがパクパクと口を動かす。ほんのりと耳が赤い。

「わ、私も姉上に、嘘は言いません！」

しどろもどろのエミリオの様子に、フェリアはどうしたのかと思ったが、なんだか可笑《おか》しくなって声を出して笑った。

「やはり、淑女教育はまだまだのようですね」

ペレがそう言いながら歩いてくる。

「統括《とうかつ》長として打ち合わせに参加しに来ましたぞ」

ペレの登場で、フェリアは気を引き締めた。

その無意識の反応が、フェリアに気づかせた。

「虚勢《きょせい》を張れるか、張れないかが境界線かしら」

フェリアの呟《つぶや》きに、エミリオとペレが訝《いぶか》しげな表情になっている。

「昏睡状態から目覚めてまだ一カ月しか経っていませんから、虚勢など張らず、体調の変化は必ず言ってくださいね、姉上！」

エミリオが、フンと鼻息荒《あら》く告げる。

「そうね。エミリオのように捻《ひね》くれたらいけないわね」

「姉上！　私は捻くれてなどいません」

「あら、イザベラのことであれほど大騒ぎしたのはいつのことだったかしら？」

「そ、それは！」

フェリアはまた笑う。

「仲が良いのはよろしいですが、そろそろ打ち合わせを致しましょう。付き合っていられません」

その注意に、フェリアもエミリオも互いに責任をなすりつけ合い、ペレの雷《かみなり》が落ちたのは言うまでもない。

エミリオが資料を片手に説明する。

「現在、事業係は薬草係からタロ芋《いも》を卸《おろ》してもらい、レストラン経営を行っております。収益は二枚目をご確認ください」

芋煮《いもに》レストランは順調に軌道《きどう》に乗っているようだ。王妃直轄《ちょっかつ》の事業『薬草係』ももちろん黒字である。

「姉上から新たな事業を提案いただき、検討中です」

「エミリオ様、そう優しく遠回しな言い方はよろしくない。『金儲《かねもう》けの話』の方がわかりやすいですぞ」

ペレが口を挟《はさ》む。

「失礼ね、ペレったら」

フェリアはすぐに言い返す。

「でも、そうね。正式な書類には丁寧《ていねい》にまどろっこしく、貴族が好きそうな言い回しにしておいて。打ち合わせでは、合理的にいきましょう、エミリオ」

「流石、姉上。かしこまりました」

エミリオが、資料を置いた。

「つまり、金儲けあるところに新たな仕事が生まれる。職場作りに励《はげ》んで、ダナンをより発展させましょう！」

フェリアは『オー』と拳《こぶし》を上げた。

すかさずペレがそれをバシンと叩いたが。

「いったい、いつになったら淑女教育は終わるのやら」

ペレの小言を聞き流しつつ、今後の事業の話をする。

「芋煮を教えるというのは、学校のようなことをすれば良いと思うのです」

エミリオが学校を提案する。

「ですが、それは大事ですぞ。学校の建設に教師の確保、どう運営するか等手に負えないでしょう」

ペレが問題点を指摘した。

「その前に『芋煮学校』って可笑しいわ。芋煮しか教科がない学校なんて……もっと、小さく考えて。『教える』から学校という発想なら『芋煮教室』でもいいんじゃない？」

エミリオとペレが、フェリアの意見に耳を傾《かたむ》ける。

「最近騎士たちも、芋煮をこだわって作っているようで、アレンジが激しいわ。もちろん、タロ芋と一角魔獣《まじゅう》の干し肉さえ入っていれば効果は同じだから、基本の芋煮と応用の芋煮を教えれば、付加価値がつくはずよ。そこにお金を出して学ぶ者がいてもおかしくないでしょ」

エミリオとペレが『ホォ』と感心している。

「大きく考えないで。貴族に目をつけられちゃうもの。小さくコンパクトに目立たずよ」

エミリオとペレが細目でフェリアを見つめる。

「な、何よ？」

「どう見ても、姉上は目立ちますよ」

エミリオが平坦《へいたん》な口調で流す。

ペレがフムフムと頷いている。

「もぉっ！　二人して酷《ひど》いわ」

結局笑いに繋がるのだった。


その日の午後、フェリアは30番邸に足を運んでいた。

貴族らから反発が出ながらも、タロ芋の重要性や、すでに妃選《きさき》びがしきたりから逸脱《いつだつ》していたことから、後宮が開墾《かいこん》されても声高《こわだか》に異議を唱える者は少なくなっていた。今後、妃選びの制度は廃止《はいし》されて別のものに変わっていくだろう。

狡猾な貴族だからこそ、そこに旨《うま》みを求めて、すでに算段しているはずだ。次の制度で生まれるだろう権力に近づくための算段を。

それだけではない。肌で感じるダナンの発展に乗《の》り遅《おく》れまいと舌なめずりしているに違いない。

飛躍《ひやく》の時に破られる古いものにしがみついていては、埋《う》もれてしまうのだ。

だから、ゲーテ公爵《こうしやく》もブッチーニ侯爵も、フェリアに娘《むすめ》を預けた。それが時流であるとわかっているから。

フェリアは、30番邸の門扉《もんぴ》をくぐった。

「やっぱり、全く造りが違うのね」

そこは、フェリアが今まで入ったことのある上位邸宅と同じ広さで、31番邸がいかに貧《ぴん》乏《ぼう》くじであるかまざまざと思い知らされる。

「この造りは、21番邸から30番邸まで同じになっております」

若い騎士が言った。

「あなたは何番邸の警護騎士だったの？」

フェリアはここ最近ずっと警護を担当している若い騎士に問うた。

「1番邸です。何度かフェリア様のパンをいただきに行っておりましたが……」

「ああ！　セナーダの姫の警護騎士……確か、セオね？」

フェリアはうさぎと蝶《ちょう》のパンを思い出していた。

31番邸にはたくさんの騎士が出入りしていたため、フェリアの認識は甘く、お側騎士以外はまだ覚え切れていない。女官と侍女を覚えるので、今は精一杯《せいいっぱい》だ。

とは言っても、ちゃんばら相手の特徴《とくちょう》だけは頭も体も覚えているのがフェリアである。

手合わせさえすれば、相当数の騎士の特徴を言い当てられよう。

フェリアが名を思い出すと、セオは『そうです！』と嬉しそうに返事をして、あれやこれやと後宮のことを口にする。

セオ曰《いわ》く、1から10の邸《やしき》は全ての造りが違い豪華で、11から20の邸は庭園がそれぞれ違うが邸宅の造りが同じだそうだ。

「詳《くわ》しいのね」

「1番邸には各邸からご招待が多くて、連絡《れんらく》に走っていたら、全ての邸を網羅《もうら》してしまいました」

1番目の妃は、大国セナーダの幼い姫妃《きひ》だった。つまり、気に入られ取り入ろうと、どの邸の妃からもお伺《うかが》いがあったのだ。

「じゃあ、一番日当たりと風通しがいい邸がわかるかしら?」

セオがすぐに元気よく返事をする。

「15番邸ですね。後宮の真ん中にあって、王城の影《かげ》も被《かぶ》らず、城壁《じょうへき》の影も届かない。隣《となり》の邸の庭園に高い木がなく、塀《へい》も幾分《いくぶん》低いのです。15番邸だけが唯一窓が四方にあります。後宮の真ん中で風が滞留《たいりゅう》しないための造りだそうです」

「そう……15番邸ね」

フェリアの間は、そこがミミリーの邸であったことに対するものだ。

「じゃあ、そこに行くわ。薬草の乾燥庫《かんそうこ》に適しているか確認するの」

フェリアは、15番邸に入ってすぐ口元をヒクつかせた。

薔薇《ばら》に続く薔薇回廊《かいろう》、オブジェに噴水《ふんすい》、薔薇蔦《つた》の巻きつくコッテコテのゴッテゴテな華美《かび》なガゼボ、キラキラ光る石畳《いしだたみ》、どこをとってもフェリアの瞳をこれでもかと攻撃してくる。

「相変わらずです」

セオが瞬きをしながら呟いた。

数名の庭師がせっせと薔薇の手入れをしている。

「困ったわ」

フェリアは、薔薇の花弁に触れた。

「確かに棘《とげ》や蔦を一掃《いっそう》するのは厳しいですね」

「いいえ、薔薇は栽培《さいばい》が難しい植物なの。それを、いくら薬草のためとはいえ伐採《ばっさい》なんてできないわよ」

きっと、アルファルドに向かった庭師も同じ意見だろうと、フェリアは推測した。この薔薇を維持《いじ》するのは長年の積み重ねがあってこそ。

フェリアの趣味《しゅみ》に合わなくても、この庭園は作品として完成度が高い。

「ここは、このままが正解の邸ね。別の邸を確認しましょう」

フェリアとセオら警護騎士が門扉へ歩き出してすぐ、薔薇庭園に勝《まさ》る真っ赤な彩《いろど》りが飛び込んできた。

「ここは、変わってないぇ」

今日の出で立ちは、チューリップならぬこの邸に相応しいがごとく薔薇婦人である。花弁のように幾重にもシルクを重ねた真っ赤なドレスと、反射光が眩《まぶ》しい胸元《むなもと》を飾《かざ》るエメラルドの宝石。加えて蔦のような銀糸の刺繍《ししゅう》がキラキラと主張している。

「何ぇ、ちんまりした『小娘』が紛《まぎ》れ込んだのかと思ったぞ」

ソフィアがフェリアをわざとらしく見つけ、すぐに例の挨拶を落とす。

「フフ、私も見間違えました。王城の土壌があまりに素晴《すば》らしいせいか、『肥大』した薔薇かと思ってしまいましたわ」

フェリアも負けてはいない。これはじゃれ合いなのだ。きちんと返答せねば、ソフィアも白《しら》けるだろう。

フェリアもソフィアもフッと笑った。

「ここは、私の邸だったのぇ」

ソフィアが薔薇回廊にフェリアを誘《さそ》った。

フェリアはセオたちに少し離れるよう指示し、ソフィアと二人だけで回廊を進む。

「ミミリーもこの邸でしたよ」

「そうかぇ。それはなんと奇遇《きぐう》なことよのぉ」

「知らぬふりがお上手ですね」

縁談相手のことを調べないわけがない。元妃のミミリーが、何番目かだったか知りたいはずだ。

ブッチーニ侯爵が何も明かさず、縁談など進めようものか。何せ、ソフィアはそれこそ本当に元妃である側室だったのだから。

「この後宮において、馬鹿《ばか》正直な言動などしていたら身が持たぬぇ」

裏があるからこそ後宮なのだ。

「フフ、可笑しいですね。ミミリーはその馬鹿正直な言動しかしません。裏がない者ですわ」

それこそ、ミミリーの長所でもあり短所でもある。

「ああ、あれは良い嫁になるのぉ」

ソフィアは、なんとも愉《たの》しげな表情だ。

「ペレと同じ表情ですね。私に妃教育をしている時のペレと」

同じ教育でも、一方は妃に一方は嫁に。ある意味、ペレとソフィアの立場は同じだ。

初見でフェリアを戒《いまし》めるような物言いをしたが、本来の相手はミミリーだ。直《じか》に言わない陰険《いんけん》な嫁いびり……嫁教育といったところだろう。

ペレの名にソフィアが眉をひそめた。

「陰険爺《じい》と一緒にするでないぇ。……あれは胡散臭《うさんくさ》いからのぉ」

そう言ったソフィアの足が止まった。

薔薇回廊のS字の真ん中だ。警護騎士の視線が届かなくなる場である。

「こんな場所に誘った理由を伺いますわ」

フェリアは単身で乗り込んできたソフィアの意図を探る。今日は侍女を伴《ともな》っていない。

「ここは……ここでの生活は命をかけた戦場だったぇ」

ソフィアがフェリアを睨む。それも一瞬で引っ込めた。フッと鼻で笑うと続ける。

「生半可な気持ちで後宮を仕切れるなど、思わぬ方がいいぇ。口達者程度では戦えぬぞ」

「まあ、私を口達者と評価していただき光栄です」

フェリアは間髪《かんはつ》入れずに返した。

ソフィアが口を真一文字にして、フゥと鼻息を漏《も》らす。そして、酷く冷めた瞳で言い放つ。

「その口が絶句するほどの物をもう贈《おく》っておるに、気づかぬとは嘆《なげ》かわしいぇ」

ソフィアの言葉に、フェリアは眉を寄せた。

「私は優しいからな、忠告ぇ。ちゃんと王妃のドレスが見合う者にならぬとのぉ。それと……ペレには気を許さぬ方がいいぇ、あやつは奇妙《きみょう》な胡散臭さがある」

ソフィアが歩き出す。

フェリアは、ソフィアの発言の意味を考えながら歩調を合わせた。

言葉通りに捉《とら》えれば、まだ王妃の器でないと言われているのだろう。フェリアに着こなせない絶句するほどのドレス。似つかわしくないと言われたのだ。表面上は。

しかし、後宮で過ごしてきたソフィアの言葉となれば違うはずだ。

ソフィアがこうもフェリアに絡《から》む目的は何か？　フェリアに近づく者は、なんらかの目的があるのだ。それは、先の事件で痛感している。決して、弱みを見せてはいけない。

加えて警戒するのは、三人のペレへの洞察《どうさつ》力もソフィアにはあることだ。側室故《ゆえ》、ペレが三人存在することを知らされていないが、感覚で違和感《いわかん》を覚えるのだろう。

フェリアはケイトの言葉を思い出す。分が悪い……後宮を生き抜いたソフィアと、新参者のフェリアでは経験値が違うのだ。

しかし、それに怯《おび》えるフェリアではない。根っからの度胸は負けてはいないのだから。

フェリアは悠然《ゆうぜん》とソフィアと歩く。

「私はマクロン様以外に、気を許したりはしませんわ。それに、王妃のドレスを着たからといって王妃に見えるわけではありませんし」

「まだ青いのぉ」

今度は、ソフィアが間髪入れずに返した。

「まあ、逼迫《ひっぱく》した状況でない故、忠告は後回しでも良いのじゃがのぉ」

フェリアはソフィアの余裕《よゆう》な態度にグッと気持ちを抑える。

ソフィアが何らかの意図でフェリアを誘導《ゆうどう》しようとしているのは明らかだ。

「では、後回しですわね」

ソフィアの眉がピクンと動く。

後回しにしてほしくないからこそ、そう発言したのだ。まるで釣《つ》り糸《いと》でフェリアを釣るような作戦だったとわかる。まさに後宮のやり方なのだろう。

何かに焦《あせ》っているのはソフィアの方だ。

「本当に、口達者で小賢《こざか》しいのぉ。腹立たしいほどに」

フェリアとソフィアの駆《か》け引《ひ》きは続く。

すでにフェリアは、ソフィアを門扉へと促《うなが》している。見送りの態勢だ。

「ここでいいぇ」

ソフィアが止まった。そして、ニッコリと微笑む。

「嫁御のように馬鹿正直になろうかのぉ」

ソフィアがサッと扇子を開いて、フェリアの耳元にあてがった。淑女が内緒の話をする場合の作法だ。

警護騎士が一歩下がる。

「『ノア』をわけてくれ」

囁《ささや》きを残し、ソフィアは門扉から出ていった。

フェリアは無言のままその背を見送った。


翌日。

朝早く、下働きの二人の令嬢が歩いている。

ふくれっ面《つら》のサブリナと、項垂《うなだ》れてトボトボと歩くミミリー。手には鍬と鎌《かま》。

サブリナがブツブツと文句を言う。『なんで後宮まで来て、畑仕事しなきゃいけないのよ！』とか、『これって、令嬢がすることなの⁉』やら、手が痛い、肌が焼ける、ドレスが着たい、果ては買い物がしたいなど、サブリナの口は止まらない。

化けの皮が剝《は》がれてからというもの、サブリナはそれを被り直すことをしなかった。

その矛先《ほこさき》がミミリーに向かう。

「情けない顔ですこと。そんなに縁談が嫌なら、断ればいいのよ」

ミミリーがノロノロと顔を上げる。だが、言葉は出ない。

「ちょっと！　しっかりしなさいって。あなた、侯爵令嬢でしょ⁉」

ミミリーが『ハアァァァァ』と盛大に息を吐いた。

「……何よ、私なんて申し込みの一つもないのに。贅沢《ぜいたく》なため息までついちゃって」

ミミリーよりもサブリナの方が失態の度合いが大きいため、どの貴族令息からもお声がかからないのだ。

ゲーテ公爵もサブリナの縁談には苦戦している。

「後宮にいるのに、妃じゃない現実に打ちひしがれているの」

ミミリーが呟いた。

「何よ……私だって、私だって」

サブリナもミミリーに同調する。

そして、二人の目からポロリと涙が一滴《てき》落ちた。

二人は鍬と鎌を放り投げ、手と手を取り合う。

「ボイコットよ！」

サブリナが声高らかに宣言した。

「ええ、サボりましょう！」

ミミリーも声を響かせる。

二人は6番邸の前を忍び足で通り抜けた。

令嬢二人の逃亡《とうぼう》先は……

「一番乗りね、サブリナ、ミミリー」

フェリアは二人を笑顔《えがお》で出迎えた。

マクロンの許可が出て、やっと今日から畑仕事開始だ。

「どうしたの、二人とも？」

フェリアは、門扉で固まっている二人に声をかける。

「今日から、この11番邸の開墾よ。あら、鍬と鎌はどうしたの？」

二人の逃亡劇は、発覚する前に失敗に終わった。


フェリアは、サブリナとミミリーを微笑ましく眺めている。

「あの二人、いつの間にか仲良くなったのね」

サブリナが鎌で草を刈《か》り、そこをミミリーが鍬で掘《ほ》り起《お》こす。連携《れんけい》の取れた動きに、フェリアは感心した。

その後ろで、ネルが根の土を払《はら》い、それを別の係が受け取る。

「ねえ！　少し休んだら？」

フェリアは、薬草茶と焼き菓子《がし》をテーブルに並べた。

ここは、毒のお茶会が催された場だ。

「ああ、いい汗掻《か》いたわ」

躊躇《ちゅうちょ》なくサブリナは椅子《いす》に座った。もう、過去の出来事は忘れてしまったのだろう。

「サブリナったら、アーハッハッハッハ！」

ミミリーはサブリナを見て笑い出す。

「何よ!? というか、ミミリーあなた……クックックックッ、駄目《だめ》、お腹《なか》がつるわ」

サブリナもミミリーを見て笑い出した。

そんな二人の前に、フェリアは鏡を置く。

「えっと、言いにくいのだけど……落ちているわ」

お化粧《けしよう》が。ドロドロと。

二人が鏡に映る顔を認識する。

「きゃあぁぁぁぁぁぁ！」

「ぎゃあぁぁぁぁぁぁ！」

ほっかむり令嬢が二人、邸宅に駆けていった。

フェリアは手を振って見送り、侍女に指示を出す。

「全身磨《みが》いてあげて。午後は食事会だから」

フェリアは二人を残し31番邸に戻った。

誘った人物がすでに待っている。

「待ちくたびれたぇ」

「そんなに早くくたびれないでください」

相変わらずな挨拶に、互いの侍女がピリピリとした雰囲気《ふんいき》を醸《かも》し出す。

「それで、何用で呼び出したのかぇ？」

「午後から、15番邸で食事会が開かれます。ご参加願えないかと」

フェリアは、ソフィアに招待状を手渡した。

「直前とは、手際《てぎわ》が悪いのぉ。そんなことで、この後宮を取り仕切れるとでも？」

昨日の会話を思い出すも、フェリアはにこやかな表情を変えない。

「フフ、それを言うなら、エミリオに。今回の主催《しゆさい》はエミリオですので」

フェリアは、自身にも届いた招待状を開き、エミリオの名を指す。

ソフィアがツンとしながらも、流し目でそれを確認する。

「まだ、青二才のすること。大目に見るとしようかの」

フンと鼻白み、ソフィアが踵を返す。

フェリアもその横に並び歩き出す。

「何ぇ？」

ソフィアが怪訝《けげん》な顔でフェリアを一瞥《いちべつ》した。

「くたびれていないようなので、貴人も『汗水垂らして』くださいませ」

フェリアはソフィアの右腕をガシッと組む。

「ケイト！」

ケイトが『はい！』と返事をして、左腕を組んだ。

「おぉっ、何を、何を企《たくら》んでおるぇぇぇぇ」

余韻《よいん》を残して、ソフィアはフェリアとケイトに攫《さら》われるように連れていかれたのだった。


『ビストロ　イモニエール』

15番邸の門扉にはデカデカと看板が取りつけられていた。

「あ！　姉上、お待ちしておりました」

エミリオが走ってきた。

ソフィアが一瞬エミリオを見るも、サッと視線を逸らした。

エミリオも、ソフィアに気づく。

「はじめまして、エミリオです」

「何を最初に名乗っておる！　格下からが基本ぇ。全く、ペレは何を教えておるぇ!?」

ソフィアが頬を赤らめた。

「ああ、すみません。王都暮らしが長かったので、まだ慣れていないのです。ご容赦《ようしゃ》を」

「ち、違う。責めているわけでは……」

ソフィアがエミリオの言葉に慌《あわ》てた。そこで、やっとソフィアはエミリオを見る。

「……よぉ、似ておる」

ソフィアの呟きが何を意味するかわからないエミリオではない。

拗《こじ》らせていた感情は、もう過去の思い出だ。

今のエミリオはソフィアの呟きを嬉しく思うだけ。誇《ほこ》らしく思うだけ。母に似ていると言われたのだから。

「兄上と私、どちらが似ています？」

「もちろん、エミリオ様ぇ」

エミリオの笑顔が弾《はじ》けた。

「エミリオ、何をニタニタ笑っているのです。さあ、貴人のエスコートを」

フェリアは、ソフィアをエミリオに託《たく》した。

行き着く先は、調理場なのだが。


ダナンに急速に広まった芋煮。

そのバリエーションは王城の騎士らによって増えている。

エミリオは、その騎士らの芋煮を『料理教室』事業に活かすため、非番の騎士に協力を仰《あお》ぎ、今回急遽《きゆうきよ》食事会が開催《かいさい》されることになった。

エミリオ曰く、『芋煮教室』の付加価値は、バリエーションだけでなく、シチュエーシヨンや、ツアー的要素も加えたら、より商品が充実《じゅうじつ》するのではとのことで、色々と盛り込んだ食事会のようだ。

今回の食事会で意見交換し、『芋煮教室ツアー』として商品化する予定である。

その意見を求められている付加価値とやらが、どうも乙女《おとめ》目線的で、フェリアは若干《じゃっかん》引いている。

『イケメン騎士がおもてなし』

『薔薇庭園でおしゃれにイモニエール』

『あなた味の芋煮で意中の相手を虜《とりこ》に』

そんなキャッチフレーズを見せられて、フェリアは一瞬気が遠のいた。

要するに、教わるだけでなく、楽しんでもらうツアー的プランを考えたというわけだ。

いかにも、その辺の令嬢が飛びつきそうなプランである。

今回は令嬢が対象だが、もちろん、今後は一般《いっぱん》的なプランも考えていくそうだ。そう簡単に後宮を開放できない。

場所は貴族令嬢に限り、15番邸を提供する算段を昨日つけたばかりである。

マクロンが夜会を好まず開く回数が少ないため、令嬢らが日の目を見る場がない。その代替《だいたい》にもなる。そんなことを言って、エミリオはマクロンを頷かせたという。

「だーかーらー、絶対、絶対にマガターヤ味の方が万民《ばんみん》向けだって。さっぱりしたスープは誰だって飲みやすいし」

「いいや！　マガターヤ味はまろみがないから、子どもや年配の者には受けが悪い。ここはやっぱりギヤミンダ味にすべきだ」

大鍋《おおなべ》の前に、騎士らが二手にわかれ、何やら言い合いをしている。

「またその論争？」

フェリアは呆《あき》れながら、騎士らに話しかける。

カロディアでは、塩味の芋煮だったが、ここ最近の味の主流は、褐色《かっしょく》サラサラ調味料のマガターヤと、茶ペーストの調味料ギヤミンダに二分されている。どちらも豆を発酵《はっこう》、熟成させた調味料だ。

「はいはい、わかったから！　今日は色んな味の芋煮を食べてもらって意見交換するのだから、好きな味を作ってくれて構わない」

エミリオが大声で指示を出す。

「それで、姉上は基本の芋煮をお願いします」

「ええ、了解《りょうかい》よ。私が講師役でいいのね？」

「はい、お願いします。貴人は受講生役です」

名を上げられ、ソフィアが反応する。

ソフィアは、どうやらエミリオには弱いらしく、いつもの虚勢はなりをひそめている。

「芋煮教室ツアーを計画しています。ツアーの中身は、『芋煮を作る、芋煮を食べる』という至ってシンプルなものです」

ソフィアがエミリオの話に耳を傾ける。フェリアとの会話と違って大人しい。相手がフェリアなら、随所《ずいしょ》に嫌みを入れてこよう。

「私は、そのツアー参加者になるということかぇ？」

「はい。今回はお試《ため》しツアーになります。改善点などの意見をお願いしたいのです」

エミリオがソフィアにエプロンを渡す。

フェリアもすでにエプロンをつけて準備していた。

「では、姉上お願いします」

「任せて。貴人こちらへ」

フェリアはソフィアを教室用にセッティングされた調理台に連れていく。

ソフィアの侍女二人にもエプロンを渡し、参加者になってもらった。

フェリア側の侍女ケイトももちろん参加者だ。

そこへ、騒がしい二人が合流してくる。

ソフィアの姿を見て、ミミリーがギョッとする。

「何ぇ？」

「な、な、なんで？」

「おお、嫁御や。そちはこっちで私と一緒に」

有無《うむ》を言わさず、ソフィアの調理台の横へ行かされたミミリーは、恨《うら》めしげにフェリアを見ていた。

そして、サブリナは手招きするケイトの横へ渋々《しぶしぶ》といった表情で並んだ。

「二人一組になりましたね。では、始めましょう」

フェリアは講師に徹《てっ》する。

「本日は、芋煮教室にご参加いただきありがとうございます。皆さんの芋煮が、騎士の口に入ります。頑張《がんば》って作ってアピールしてくださいね」

フェリアは、エミリオから渡された台本を読み上げた。

皆が無言になる。

この教室の意図が明らかにおかしいが、それは後で意見として聞くとして、フェリアは次に進めた。

「まず、タロ芋の皮むきです。いくらアピールしたいからといって、ハートの形はよしましょう。……台本は今後無視するわ」

フェリアは、ポイッと放った。

「タロ芋の皮むきをしてください」

各テーブルで作業が開始された。

作業は順調に進んで、出汁《だし》を取り、季節の野菜や豆などもタロ芋と一緒に煮るところまでいく。塩で味を調《ととの》え、好みのスパイスを入れてから、一角魔獣の干し肉を割《さ》いて入れた。

カロディアではこれが通常の芋煮である。

「では、他の組の芋煮を味見してみましょう。入れた季節の野菜やスパイスによって、微《び》妙《みょう》に味が違うはずです」

サブリナが早速《さっそく》ミミリーたちの鍋に向かう。もちろん、ミミリーはサブリナたちの鍋だ。

「本当ね、味が少し違うわ」

サブリナが素直《すなお》な感想を言った。

「ええ、そうね。でも、自分が作ったものが一番美味《おい》しいって思う」

ミミリーの感想に、いつもなら反発するであろうサブリナが、自然な笑顔で『そうよね！』と返した。

料理に、虚勢はない。貴族令嬢としての嫌味もまた消える。自分の作ったものに愛着が湧《わ》くのは当然のことだ。

「皆さん、今後も色んな芋煮に挑戦してください。では、お待ちかねの食事会を始めます。基本の芋煮を応用して、騎士たちが色んな芋煮を作っています。さあ、テーブルへ向かいましょう」

フェリアの言葉が終わるや否《いな》や、エミリオを先頭に騎士たちが教室に入ってきた。

「何、その格好……」

フェリアは唖然《あぜん》とする。

「騎士姿では、配膳《はいぜん》ができませんから。ナタリーにお願いして、ビストロエプロンを作ってもらいました」

膝丈《ひざたけ》より長いエプロンは、女性のものと違ってギャザーがなく真《ま》っ直《す》ぐである。違いはそれだけでなく、前でリボンが結ばれている。

さらに色が黒。一般的なエプロンの白という概念《がいねん》を覆《くつがえ》している。

髪型《かみがた》までバッチリ同じ。左掻き上げを固めた髪型だ。その髪に何かキラキラと輝《かがや》くクリームをつけていて、キザさが滲《にじ》み出ている。

「……アルカディウス様がいっぱい」

サブリナが呟いた。セナーダの貴公子アルカディウスを思い出しているのだろう。

「なんだろ……ある意味正解かも」

ミミリーもまた呟く。

二人とも、エミリオの意図を理解しているようだ。

フェリアだけが、頬をヒクヒクさせていた。

噴水の周りにテーブルが設置されている。

「水音でテーブル越しの会話は聞こえません。これなら、芋煮の品評も心置きなくできると思います」

エミリオが食事会のルールを説明する。

参加者が作った基本の芋煮と、その他に騎士たちが作ったいくつかの芋煮が小さな器に盛られ、テーブルに並べられている。各芋煮には、それぞれ番号が割り当てられ、食事後に投票して『本日の芋煮』という賞が贈られるらしい。

加えて、芋煮修了証《しゆうりようしょう》なるものも、参加者には授与されるという。

「面白《おもしろ》い発想ね」

フェリアは三十一のお茶会を思い出していた。あの日から何度リボンを奪われているのだろうと、頰を少し赤らめた。

「良かった！　そんなに喜んでもらえるとは」

エミリオの勘違《かんちが》いに、フェリアは曖昧《あいまい》に笑ってみせる。

「では、各テーブルに座っていただきますが、まず地位が同じ者同士でお願いします。高位の者とテーブルを同じにすると、投票に影響が出るからです」

低位の者は高位の意見になびくからだ。貴族社会では至って普通のことだが、それでは面白くないし、公平でもない。

「次に、芋煮を一緒に作った者ともわかれます。これも同じような理由です。気心が知れると、お互いの意見に寄り気味になると思われるからです。自分の舌で選んでもらいたいと思いますので」

そんなルールで、結局フェリアは貴人と同じテーブルになり、サブリナとミミリー、ソフィアの侍女とケイトの席にわかれた。

「すみません。今日は侍女の方には同じテーブルでお願いします」

ソフィアの侍女二人で芋煮を作ったが、今回は意見交換の食事会なので、そこは臨機応変に対応した。

三つのテーブルに、例の騎士たちが芋煮を運んでくる。

テーブルに芋煮が並ぶと、エミリオが大きな声で『どうぞ、ご賞味ください』と始まりの言葉を告げた。

各テーブルで試食が始まる。

フェリアは、まず基本の芋煮を食べる。

ソフィアがフェリアに続き、芋煮にスプーンを入れた。

なんだかんだ言っても、ソフィアは貴族のルールに則《のっと》った行動をする。高位であるフェリアが食事に手をつけてから、自身も始めたのだ。

それは、エミリオとの挨拶にも出ている。

フェリアにするどんなに嫌味な挨拶とて貴人からしているのも同じ理由だ。

「わざわざ、ここに呼んだのは、この前の続きをするためかぇ?」

噴水の水音が、貴人の声を消す。

フェリアは頷く。

「『ノア』を欲《ほ》しい理由を訊いても?」

フェリアの問いに、ソフィアはすぐには答えなかった。

このテーブルに耳をそばだてている者がいないか、周辺を確認している。

水を配膳した騎士が下がったのを確認してから、ソフィアは口を開いた。

「双子の出産は母体だけでなく、子にも負担になるぇ」

その言葉で、フェリアが気づかないわけがない。

「低体重?」

今度はソフィアが頷いた。

「引き取った息子は『ノア』が必要な体なのじゃ。心臓が弱くてのぉ」

「『ノア』はそのままで『特効薬』ですからね」

31番邸で収穫したばかりの稀少な種『ノア』。この種がなぜ貴重なのかは、種自体が薬になるからだ。ゆえに、種が消費されればされるほど、『ノア』は消えていく。

栽培を待てぬほどの症状《しょうじょう》の者が欲《ほっ》しているから。

『ノア』の代替がないわけではない。『ノア』の効能と同じ丸薬を作る調合は存在する。だが、その丸薬は作られていない。その材料こそ『ノア』発芽後の、双葉《ふたば》や花弁、葉や茎であるためだ。

種子ができる前段階の双葉や花弁を収穫してしまうと、種を収穫できない。つまり、この丸薬を作るには最低三年の月日が必要になる。

一年目は葉、茎、種を収穫する。二年目は、種を二分割《ぶんかつ》し、双葉の収穫分を確保する。三年目も同じく種を二分割し、花弁を収穫すれば、やっと特効薬の調合に入れるのだ。

種も残しながら、同じ効果の丸薬も作れば、徐々《じょじょ》に稀少性が解消される。

しかし、この『ノア』は栽培が困難な薬草だった。丸薬のために蒔いた種が育成せねば、結局『ノア』は消えていくのだ。特効薬になどたどり着けない。

薬として消える。育たず消える。増えはしない。この悪循環《あくじゅんかん》が『ノア』の稀少性である。

時折出回る『ノア』の出所は不明だ。育つ土地やら卸している者が大々的に知られてしまえば、それこそ命取りになる。狙《ねら》われること必須《ひっす》の稀少性なのだ。

元々リカッロが持っていた『ノア』は、亡くなった両親の懐《ふところ》にあったものだ。両親の手記にもその入手先は記されていない。

フェリアが31番目の妃に選ばれなければ、『ノア』はまだ種袋《ぶくろ》に入ったままだったかもしれない。

「今までは、どうしていたのです？」

「『ノア』まで必要はなかったのじゃ。腕のいい薬師から、息子専用の薬を取り寄せていたからぇ。だが、ここ最近胸を押さえ倒《たお》れることが増えたのじゃ」

「常用しすぎて、効果が薄《うす》れたのですね」

薬は毒にもなるものだ。そして、常用すれば、その効果は麻痺《まひ》していく。

「いや、薬師が亡くなったからじゃ。……三年前に」

「三年前に亡くなった薬師？」

フェリアはドクドクと胸打つ感覚に襲《おそ》われた。その名を訊かなければと思うも、声が出ない。

だが、そんなフェリアをよそに、ソフィアは難なく名を告げた。

「カロディア前領主じゃ」

フェリアはスプーンを落とした。

「遅《おそ》くなって申し訳ない。お悔《く》やみ申し上げる」

ソフィアが改まった口調で告げた。

フェリアは気が遠くなりながらも、なんとか保っている。

湧き上がる感情が定まらない。

フェリアは激しく攻撃的にソフィアに言い放つ。

「いくつ目的を隠しているのです!!」

ミミリーの縁談？　後宮の権力への返《かえ》り咲《ざ》き？　『ノア』欲しさ？　息子の救済？　隠して、隠して両親の情報を口にした。まだ、ソフィアには何かある。

フェリアの重い怒声《どせい》は、噴水の水音で周辺には聞こえていない。

ただ、フェリアのスプーンが石畳に落ちた甲高《かんだか》い音は聞こえていたようだ。

配膳係の騎士が、替《か》えのスプーンを持ってこようとするが、フェリアは手でそれを制した。

「エミリオ」

フェリアは、咄嗟《とっさ》にエミリオを呼んだ。

「どうしました、姉上？」

エミリオが不思議そうに寄ってくる。

ソフィアが少し俯き気味に口の端《はし》を噛む。もう、『ノア』の話はできない。ソフィアにしてみれば、思うような展開ではなかったのだろう。

フェリアもわかっていて、エミリオを呼んだ。

『目的を訊く』行為は、相手に主導権を与えることになる。ソフィアのペースに嵌《は》まるわけにはいかない。

昨日もそれでやられている。どんなに好戦しても、結局うやむやになってしまうのだ。最後にあのような『訊かざるを得ない言葉』を耳にしてしまっては。このままでは、まんまとソフィアのペースに流されるところだったのだ。

フェリアはソフィアが一番困る相手を指名した。自身のペースを作るため。

「こんなふうに粗相《そそう》をした参加者には、どういう対応を？　今のようなありきたりの粗相以外もあるでしょ？」

「そういうことも考えておかなければいけませんね！　流石、姉上です。ご指摘ありがとうございます」

フェリアの行為がわざとだと印象づけた。

フェリアは周囲に笑みを振りまく。

「皆さんも、あらゆる事態を考えて意見してくださいい。では、私はこれから予定が入っておりますので、先に失礼しますわ」

フェリアはスッと立ち上がる。

「貴人、ごゆるりと」

フェリアは貴人を見下ろして言った。

周囲には普通の言動に見えよう。

だが、ソフィアにとって見下ろされ告げられた言葉は、『早急《さつきゆう》な要望は通らない』と変《へん》換《かん》される。『ごゆるりと』はそんな意味になるのだ。

『ノア』が喉《のど》から手が出るほど欲しい貴人には、厳しい言葉だろう。いや、他に目的があったとしても、それは『ごゆるりと』……つまり目的の早期解決はさせぬとフェリアが宣言したと同等だ。

心臓の弱い者を待たせる行為をフェリアがしたいはずはない。

だが、常に何かを隠しながら要望を通そうとするソフィアの言葉を、フェリアは簡単に信じることもできない。『ノア』は本当に必要なのか、息子の状態さえ嘘を疑ってしまうからだ。

「……何ぇ、寂《さび》しいの」

ソフィアはいつものように咄嗟に返せなかった。

それは、フェリアを侮《あなど》っていたからだ。こんな展開を予想していなかったから、言葉を準備できなかった。

「嫁御のミミリーがいますわよ」

隣のテーブルでギョッとするミミリーに笑いかけ、フェリアは退いていく。

その言葉もなお、ソフィアに追い打ちをかけた。

『ちゃんと目的の縁談相手のミミリーがいるでしょ』

他の目的は公《おおやけ》になっていないのだ。つまり、フェリアは公の目的以外、対応しないとソフィアに返答した。

ソフィアは軽く目礼を返すのがやっとだった。


「はぁ」


ため息をつく。

フェリアは、もう大々的な立ち回りができない立場になった。

ほんの数カ月前のように、心置きなく糾弾《きゅうだん》するなどできない。

フェリアはソフィアへの対応を苦慮《くりょ》している。

両親のあれこれを訊きたい気持ちはある。だが、それはソフィアのペースに嵌まることでもあり、それと引《ひ》き換《か》えに『ノア』を渡すのは屈辱《くつじょく》を感じ得ないだろう。

ソフィアは狡猾な貴族以上だ。だから、先の王妃様は信用したのだろうか？　フェリアはまたため息をついた。

今の状況は中途半端《ちゅうとはんぱ》で、マクロンに相談することも躊躇してしまう。単に、『ノア』をわけてほしいという願いを聞き入れるかどうか、総じてしまえばそんな内容になる。

ソフィア的には、ミミリーの輿《こし》入れ品目にして入手しようという算段なのだろう。『王家からの祝い品』として。元側室家に嫁ぐのだから、王家からなんらかの祝いの品は賜れる。その指定品といっても過言ではない。

少しばかり、用立てることも簡単な解決方法だ。だが、そこに何やら別の目的もありそうで、フェリアは悩《なや》む。マクロンにそれを文章だけで説明できるだろうか。

会えない障害がフェリアにはあるのだ。ビンズの目を盗《ぬす》み、会って相談できるだろうか。

フェリアの思考は深まっていく。

「フェリア様、どうされました？」

ケイトが気遣《きづか》う。

「ううん、なんでもないわ」

「まだ、昏睡の影響がおありなら、少し休憩してもよろしいかと」

「いいえ、ビンズが待っているから急ぎましょう」

フェリアは気持ちを切り替え、31番邸に戻っていった。

3 会いたい理由

「今日は薬草茶が必要？」

ビンズがハハッと笑う。

「いいえ、今日は必要ありません」

ビンズがこめかみを人差し指でポンポンと叩《たた》いて、『痛くないので』とまた笑った。

「それで、今日はなんの打ち合わせなの？」

フェリアは朝一に貰《もら》った予定表を確認《かくにん》する。

ビンズとの打ち合わせとして、少しの時間が当てられていたが、詳細《しょうさい》は記されていない。その後の予定は、夕食までナタリーとの衣装《いしょう》の打ち合わせになる。

「昨日、貴族や騎士《きし》の縁者《えんじゃ》対象に女性騎士募集《ぼしゅう》の通達を出しました。実は来月以降に、騎士試験が予定されています。それに合わせて女性騎士もとの算段です」

ビンズがコホンと咳払《せきばら》いして、自身も幼なじみに声をかけると言った。

「それで、フェリア様ももし縁者で声をかけられる者がいたらどうかと、王様がおっしゃっています」

「あら？　私は貴族ではないけれどいいのかしら？」

ビンズが苦笑いする。

「まあ、そこはきっと通りましょう。フェリア様が声をおかけになる方は……魔獣《まじゅう》を倒《たお》すことのできる方なのでしょうから、貴族らも騎士からも異論は出ないと王様が」

マクロンが意気揚々《いきようよう》と発言する様が目に浮《う》かび、フェリアはクスクス笑う。

「それもそうね。カロディアの姐《ねえ》さんたちなら、女性騎士になれる実力はあるわ。だけど」

「だけど、なんです？」

「きっと、言動が不合格になるわね」

今度はフェリアが苦笑《くしょう》する。

「フェリア様は最初からちゃんとできておりましたよ。王様に勘違《かんちが》いされましたが」

「侍女《じじょ》だと？」

フェリアとマクロンが初めて出会った日のことだ。

「ええ、まあ、はい、そうですね」

フェリアもビンズもその時を思い出し、互《たが》いに『プッ』と噴き出した。

「懐《なつ》かしいわね」

「もうずいぶん前の出来事のようです」

「また、四人で芋煮《いもに》でも食べたいわ」

フェリアは、数日顔を見ないお側騎士《そば》に会いたくなった。

「『ビストロ　イモニエール』で食べてきたのでは？」

ビンズが含《ふく》み笑《わら》いをしている。

「すごいネーミングよね。エミリオの発想って少し奇抜《きばつ》だわ」

「やっと、王城で働けると張り切っておられますから」

フェリアは『そうね』と答える。

「芋煮といえば……」

フェリアはローラ姐さんを思い出す。今は王都の芋煮レストランを仕切っているが、カロディアで一番の女魔獣狩《か》り師だ。

フェリアは、ローラ姐さんが女性騎士となって、王城を歩いている姿を想像しクスリと笑った。

想像をかき消すように頭を横に振《ふ》る。そして、こめかみをあえて押《お》さえた。

「やっぱり、薬草茶でも飲んでいって」

フェリアのわざとらしい演技に、ビンズが笑った。

少し経《た》つと、ビンズと入《い》れ替《か》わるようにナタリーたちがやってきて、衣装の打ち合わせが始まった。

ナタリーたちの顔色を見て、フェリアは気遣《きづか》う。

「あなたたち、エミリオの依頼《いらい》まで引き受けるなんて、無理していない？」

「あれは、衣装係に配属されたばかりの者の手習いですから、全く問題ありません」

フェリアの行った後宮の試験で、新たに衣装係に配属された者が、もう役に立っているのだ。

フェリアは、ナタリーの手腕《しゅわん》に感心する。

「確かに、あのエプロンは手習いにはいい仕事よね」

ほぼ真《ま》っ直《す》ぐに裁断し、ほぼ真っ直ぐに縫《ぬ》うだけのエプロンである。

「はい。新たに配属された者の力量を確認するのに、ありがたい仕事でした」

「配属ミスはあったかしら？」

フェリアは内心ドキドキしながら訊《き》いた。最初から配置ミスがあれば、今後の試験に関わってくる。

「いいえ、皆《みな》なかなかの腕前《うでまえ》でした」

フェリアはホッと一安心した。

だが、ナタリーたちの顔は強《こわ》ばったままだ。

「何か問題が？」

そこで、フェリアの専属衣装係になった二人が、ドレスを広げる。

ナタリーたちに預けたあの形見のドレスだ。

ナタリーはフェリアの顔をしっかりと見ながら、説明を始めた。

「奇妙《きみよう》なデザインを見ていただきたくてお持ちしました」

ナタリーがドレスの裾《すそ》をウエストまで捲《めく》る。そして、そこにある空間を指差した。

「腰《こし》に負担がかからないようなハイウエストです。そして、このふくらみはちょうどお腹《なか》にあります。見た目は重厚《じゆうこう》ですが、実はそこまで重くはなく、そして引きずるような長さで足は全く見えないでしょう」

フェリアは、ナタリーの長い説明の意図を考え、簡素な言葉に言い換《か》えてみた。

「お腹に空間があり、重くない、足の見えないドレス」

フェリアはハッとした。

「妊娠《にんしん》を隠《かく》していた⁉」

お腹の空間はそのまま妊娠を隠すものだ。ハイウエストもそのためだろう。重くないのも当たり前。そして、足が見えないのは、ヒール以外を履《は》いているのを隠すため。ここでも、ハイウエストがそれをカモフラージュするのだ。

ナタリーたちが静かに頷《うなず》いた。

「空間があると同時に幾重《いくえ》にも布をあてがうことで、外部からの攻撃《こうげき》にも……」

ナタリーの言葉が止まる。

フェリアもそこまで言わなくてもわかっている。

「貴人が、後宮は戦場だったと言っていたわ。つまり、そういうことね？」

フェリアの顔は青ざめる。

ナタリーたちの顔も強ばったままだ。

「実は、最初にドレスを確認した時は、気づきませんでした。新たなドレス作りの際、フェリア様から鞭《むち》をドレス内に隠し持ってもわからないようなデザインにしてほしいと要望をいただき、そこでやっとこのドレスの奇妙なデザインにも理由があるのではと、再度確認したのです」

「それで、わかったのね？」

ナタリーが頷く。

「現在の後宮に、そのような者はいないとは思いますが、先の王妃《おうひ》様の時代は……狙《ねら》われていたのでしょう」

その後に続く言葉は、きっと『落選した妃《きさき》の間者から』だろう。

「だから、先の王妃様はこのようなデザインを考案して、側室共々守っていたというの!?」

そんな危険な状況《じょうきょう》を思い浮かべると、フェリアは全身の血の気が引いた。

自身に対する攻撃なら、難なくかわせるだろうが、身重では……

「そんな、そん、な」

言葉が途切《とぎ》れ途切れになる。

「ソフィア貴人様は、それを暗に忠告したのかもしれません。いえ、現状を確認するために後宮にいらしたのかも。先の時代と同じかどうか確認するために」

フェリアは絶句した。

確かにソフィアは『忠告である』と言っていた。『逼迫《ひっぱく》した状況でない』と言ったのは、後宮にフェリアしか残っていないことを指すのであろうし、試験を行って採用された者ばかりだからだ。

言葉のまま、まさに忠告だったのか？

そこで、フェリアはハッとする。

『その口が絶句するほどの物をもう贈《おく》っておるに、気づかぬとは嘆《なげ》かわしいぇ』

ソフィアの言葉にフェリアは身震《みぶる》いした。

やはり、ソフィアは一筋縄《ひとすじなわ》ではいかない。

「訊かなくてはいけないようね」

フェリアは決心したのだった。

翌朝。

マクロンは、予定表を持って歩く。

「あの、王様……」

おずおずと予定管理の役人が呼びかけるが、マクロンは気にせず進んだ。

「予定がキャンセルになったのだから、構うまいに。お前は、通常の業務に戻《もど》れ」

マクロンは役人を置き去りにして目的の場所へ突《つ》き進《すす》む。

近衛《このえ》は内心呆《あき》れているだろうが、顔には出さずマクロンについてきていた。

後宮に入ってすぐ、お側騎士がマクロンに気づいた。

「王様、どちらに？」

ゾッドが駆《か》けてくる。

マクロンはニヤリと笑《え》んだ。そして、ゾッドを含《ふく》めたお側騎士たちの肩《かた》をポンポンと叩いて労《ねぎら》う。

「すまんな」

「え？」

ゾッドが問い返す間もなく、マクロンは走る。

「先に、『31番邸《てい》に戻っている』からな！」

突如《とつじょ》駆け出したマクロンに、近衛もついていく。

その背を見送ったゾッドらが、マクロンが課題を先にクリアしたのではないかと気づくのは、姿が消えた後だった。それほど、速かったのである。


王城内に一本だけある『当たり』のリボンを見つけ出す課題。

フェリアがお側騎士たちに出した課題である。

昏睡《こんすい》後の体力作りで、王城の散歩しか許可されなかったフェリアは、随所《ずいしょ》に『はずれ』のリボンを括《くく》りつけて歩いた。『当たり』は一本だけ。

なんとも優《やさ》しい課題だが、お側騎士たちはまだ見つけ出せていなかった。

ところが昨夜、マクロンが見つけてしまったのだ。

『当たり、31番邸に戻れる券』

そう書かれたリボンを、マクロンが使わぬはずはない。


「いい香《かお》りだ」

マクロンは甘《あま》いパンの香りを嗅《か》ぐ。

これよりも、フェリアの方が甘かったなと、マクロンは甘い吐息《といき》を思い出す。

「あ！」

門扉《もんぴ》にいた若い騎士が、マクロンに気づき声を上げた。

「いるか？」

「お前は確かセオといったか」

「はい！」

マクロンは若い騎士の名を確認する。

「はっ、お側騎士の皆様がお戻りになるまで、私がゾッド様の代わりを務めております！」

マクロンは邸内に入る。甘い香りがいっそう強くなった。

「フェリア様は、今『ノア』の畝《うね》を確認中です」

セオが稀少《きしよう》な『ノア』の畝へマクロンを案内した。

そこに、しゃがんだフェリアがいる。

マクロンは、周囲に『シッ』と指で示して気配を消して近づく。

「まだ、茎《くき》が乾《かわ》いていないわ。うーん、あと三週間かしら？」

フェリアが薬草を触《さわ》りながら呟《つぶや》いていた。

マクロンは『コホッ』と咳払いした。

「セオ、喉《のど》の調子が良くないなら、薬草茶でも飲んで少し休んだら？」

フェリアが振り向きながら、言った。

「ああ、少し休もうか」

マクロンは振り向き様にリボンを奪《うば》う。

「マ、マ、マ、マクロン様！」

相変わらずのフェリアの言い様に、マクロンはクッと笑う。幾度《いくど》会っても、毎回頰《ほお》を赤らめ、マクロンの名を呼ぶのだ。

だが、幾度といっても、限られた逢瀬《おうせ》は普通《ふつう》の恋人《こいびと》に比べたら少ないだろう。いや、慣れないことは仕方がない。慣れないその様をもっと楽しみたいとも思う自身に、マクロンは少し恥《は》ずかしくもある。

まだびっくりしているフェリアをティーテーブルまでエスコートした。

「どうしたのです？　ビンズに知られたらまた叱《しか》られますよ」

マクロンは、辺りを気にするフェリアに例のリボンを見せた。

「これがあるから大丈夫《だいじょうぶ》だ。課題をクリアしたら、『31番邸に戻れる』のだろ？」

目をパチクリさせるフェリアを見て、マクロンは笑う。

フェリアも次第《しだい》に笑い出した。

「知りませんよ？」

「何がだ？」

マクロンはしたり顔である。

「朝食がまだなのだ」

「フフ、ご用意します」

準備に動こうとするフェリアの腰に、マクロンは腕を絡《から》める。

マクロンは、控《ひか》えていたエマに視線で準備するように促《うなが》した。

「確認作業がまだだろ?」

マクロンは、フェリアを抱《だ》き寄せて椅子《いす》に座《すわ》る。

「な、なんで、こんな座り方なのですか!?」

横抱きされたフェリアが、耳まで真っ赤にして抗議《こうぎ》している。

「まだ、昏睡の影響《えいきょう》でふらつきはしないかと心配でな」

「もう、大丈夫です!」

「いやいや、まだ熱もあるようじゃないか」

マクロンは額をフェリアの額にくっつける。

「ヒャッ」

今度は、首まで真っ赤に染まった。

「ほら、やっぱり熱がある」

「違《ちが》っ、違っ、違います!!」

ウルウルの目で睨《にら》まれても、全く効果はない。いや、ある意味効果的だ。

「ほら、一緒《いっしょ》に予定を確認するぞ」

マクロンは自由になる右手で、テーブルに置いた予定表を開いた。

予定表は、マクロンとフェリアの二人分だ。

毎朝、互いに確認をしてサインする。

「……キャンセル？」

フェリアが呟いた。

「ああ、ソフィア貴人との朝食会だったのだが、延期になったようだ」

「何かあったのですか？」

「ブッチーニと遠出すると連絡《れんらく》があった。朝から出発するからと、朝食会は流れたのだ」

「そう、ですか……」

マクロンは、戸惑《とまど》った声を確認するように、フェリアの顔を覗《のぞ》き込《こ》む。

「ち、近いです！」

そう言って焦《あせ》るフェリアに軽くキスを落とす。

プシューと湯気が出るかのようなフェリアの顔に、マクロンは満足した。

その油断が、フェリアに反撃《はんげき》の隙《すき》を与《あた》える。

フェリアの腕がマクロンの首へ回り、吐息がマクロンの首をかすめた。

『貴人の目的を調べています』

首筋の熱がマクロンの喉を鳴らす。

しかし、頭は冷静だ。

『ああ、私も探《さぐ》ってはいる。何かあったか？』

『フフ、ご忠告をいただきましたわ。後宮ですもの、そういうものでしょ？』

マクロンは、フェリアを頼《たの》もしく思った。

互いにソッと離《はな》れて、笑い合う。

瞳《ひとみ》は繋《つな》がれたまま、また距離《きょり》をなくしていったのだが……奴《やつ》は登場する。

「王様、いつから今日は三十一日になったのですか？」

後宮のくねった道を、マクロンは悠長《ゆうちょう》に進む。

しかし、ビンズがマクロンの背《せ》を押して急かした。

「そんなに急がんでも、予定はまだだろ？」

マクロンは呆れながら言った。

「いえ、エミリオ様がお待ちです」

「どうしたのだ？」

ビンズの顔が曇《くも》る。

「ソフィア貴人様から、何か言伝《ことづて》されたようです」

マクロンも瞬時《しゅんじ》に表情を変える。

「目的は探っているか？」

「はい。何か動いてはいるようですが、まだ数日滞在《たいざい》しただけですので情報は集まっておりません」

ビンズが、背後をチラリと見る。先ほど後にした31番邸にちょっかいを出した程度の動きしか探れていない。

「必要なら、ペレを使え」

ビンズが首を振る。

「フェリア様に叱られます」

「そうだった、もうペレの主《あるじ》はフェリアだしな」

エミリオと一緒に王城の下支えに回ったのだ。マクロンは肩を竦《すく》める。

「遠出には監視《かんし》をつけたか？」

「はい。どうもかなりの遠出のようです。数日分の荷物を積《つ》み込んでいました」

「そうか、何かわかったら報告を」

マクロンはエミリオの待つ執務殿《しつむでん》へと急いだ。

「兄上！」

エミリオが即座に立って頭を下げた。

「すみません、姉上とお楽しみのところ」

マクロンは頬を引きつらせる。お楽しみのところとは、どういう意味だと口にしかけるが、墓穴《ぼけつ》を掘《ほ》りそうでグッと耐《た》えた。

「それで、どうしたのだ？」

「あの、姉上から任された事業に関してなのですが」

マクロンは予想していなかった内容にビンズに視線を送る。

マクロンの意を汲《く》み、ビンズがエミリオに問う。

「その話の前に、先ほどおっしゃっていたソフィア貴人様からの言伝の件をお伺《うかが》いしたいのですが」

「ああ！　忘れていました。えっと、『カロディア』とだけ伝えてほしいと、ちょうど城門を出るところで頼まれました」

エミリオがそこで何か気づいたのか、ハッとした。

「確か、姉上の故郷ですよね！　姉上への言伝だったのかも」

マクロンもビンズも曖昧《あいまい》な表情をエミリオに返した。

「他に何か言っていなかったか？」

マクロンはエミリオに確認した。

「……えー、確か薬がどうとか。貴人とブッチーニ侯爵《こうしやく》の会話ですけれど」

エミリオが首を傾《かし》げる。

「何か、まずいことでもあるのですか？」

「いや、朝食会をキャンセルしてまで、何をやっているか気になるだろ？　貴人は、中途《ちゅうと》半端《はんぱ》な身分ゆえ、対応に苦慮《くりょ》しているのだ」

言っていることは間違《まちが》いないが、誤魔化《ごまか》した内容だ。

本来は王族から籍《せき》を抜《ぬ》いた者の縁談《えんだん》に、口を挟《はさ》むことはない。だが、ソフィアは臣下への下賜《かし》でなく、領に下賜された身分だ。建前上はベルボルト伯爵《はくしゃく》が後見になろうが、貴人の方が上位に当たる。

後見、もしくは見届け人として、王家が引き受けるのが妥当《だとう》になろう。しかし、王籍にない者の後見、加えて問題なのは、血が繋がっていない養子息の縁談であるのだ。

マクロンの言う中途半端な身分とはこれを言う。

ソフィアの目的がわからぬため、エミリオに何かを明かすこともない。はっきりと言葉にはできないこともある。

マクロンにとって、こんなことは日常《にちじょう》茶飯事《さはんじ》だ。

今は、唯一《ゆいいつ》フェリアだけがそれを明かすことのできる存在になっている。なんの前置きもなく、なんの心構えもなく、さらりとフェリアは言葉にしてくれる。

マクロンは、首筋での会話を思い出す。それこそ、お楽しみのところだったたが。

「それで、事業だったか」

マクロンは、今度こそソフィアのことをはぐらかすように、エミリオに話を振ったのだった。


フェリアはマクロンとビンズの背を見送る。

その横には数日離れていたお側騎士たちがいた。

リボンを横取りされ、課題は終了《しゅうりょう》となったのだ。

「まさか、課題を横取りされるとは思いもしませんでした」

ゾッドが苦笑いしながら、そういえばと続ける。

「今度の騎士試験で、女性騎士の募集もするようですね」

「ええ、そうみたいね。ビンズも確か幼なじみに声をかけると言っていたわ」

フェリアの頭の片隅《かたすみ》で、カロディアにいる幼なじみたちの顔が浮かんだ。

「最近よくカロディアを思い出すわ」

もう戻れないその場に後《うし》ろ髪《がみ》を引かれる思いはない。王妃を目指すフェリアの矜持《きょうじ》が、そんな思いを許さない。それが花嫁《はなよめ》の誰《だれ》もが通る道であるとしても。

『元気にしているかしら？』

練兵場の横を、忍《しの》び足《あし》で歩く。

「フェリア様、気になるのはわかりますが、覗きに行くなど……」

「ここまで来てまだ言っているの？」

フェリアは後宮を出てからずっと続くゾッドのお小言に呆れた。

諌《いさ》めながらもついてきているのだ。きっと、ゾッドも気になっているのだろう。

騎士試験は来月以降だが、騎士の心得なる座学と、近衛昇《しょうしん》進試験が本日行われている。

本来の予定では騎士試験と同じ日に、近衛昇進試験も行われるはずだった。

しかし、先の事件が起こったのでマクロンが早急《さっきゅう》に動いた。フェリアの守りを、警護騎士体制から近衛騎士体制へ移行するためだ。王妃近衛隊の新設である。

「セオならきっと大丈夫よね」

闘技《とうぎ》場で、セオが近衛昇進試験に挑《いど》んでいる。

練兵場からは座学の声が聞こえてきた。

現在、騎士隊は四部隊ある。

第一隊は、マクロンの警護を担当する近衛隊。第二隊はビンズ率いる部隊。こちらの役割はマクロンが自由に指示できる手足のような部隊になる。

次に第三隊は、王城配備の騎士隊になる。第四隊は、予備部隊という名の実践《じっせん》部隊だ。戦時中に活躍《かつやく》する部隊で、対戦の実力は第四隊が一番である。

騎士隊にはそれぞれ特化した役割がある。武の実力だけで、近衛にはなれない。王の警護とは頭を使うものだ。常に臨機応変に動けるよう、知力も必要になる。

そして、ビンズ率いる機動部隊は、まさしく王の手足となり動くことに特化している部隊だ。王都の警邏《けいら》、隠密《おんみつ》行動など小回りが必要になってくる。高位貴族の子息はあまり配属を望まない。

騎士服を脱《ぬ》ぎ捨《す》て、平民服で、王都や近郊《きんこう》の町に赴《おもむ》くことを良しとしないからだ。そのため、第二隊には平民上がりの者が多い。

もっぱら、貴族子息らは第一隊と第三隊に配属を望む。

とはいうものの、四つの隊には身分に対する垣根《かきね》はない。

騎士服で勤めたい貴族子息の誇《ほこ》りの持ちようも理解できるし、小回りや対戦重視の部隊も、絶対に必要だと互いに理解しているためだ。

同じ釜《かま》の飯仲間である絆《きずな》も強い。

そして、騎士というのは、主に忠誠を尽《つ》くす存在だ。

『いいか、野郎《やろう》ども！』

第四隊隊長が野太い声を上げる。

座学でうつらうつらしていた兵士らがシャキンと背筋を伸《の》ばした。

『騎士になりてえなら、座学も重要だ。試験が剣《けん》だけだと思うなよ』

ニヤリと笑ったその顔は、騎士でなく賊《ぞく》の頭と言った方が頷ける。

兵士たちが慌《あわ》てて筆を持つが、居眠《いねむ》りしていた兵士は何を書いていいのかわからず、視線を泳がせている。

『ここからが、一番重要なことだ！　耳の穴かっぽじってよく聴《き》け！　騎士っつうのは、王様の庇護《ひご》下の民《たみ》じゃねえぞ。騎士に王様の庇護はない!!　騎士は王様の鎧《よろい》だからだ。鎧を守るため、王様自らが矢面《やおもて》になぞ立っちまったら本末転倒《ほんまつてんとう》ってもんだ。民は王様が守る！　その王様を騎士が守るんだ。騎士は鎧となり、王様の一部になる。騎士になりてえなら、覚悟《かくご》しろ！　目の前の親兄弟なり親しい者さえ見捨てる覚悟をな。騎士が守るべき唯一は王様だけ……王様と王妃様だけだってな』

「この声は初めて聞くわ」

フェリアは練兵場の壁《かべ》に耳を当てて中の声を聞いていた。

「第四隊隊長ですね」

なんだかんだ言って、ゾッドらも同じように壁に耳を当てている。

ダナンの騎士試験は、誰彼構《だれかれ》わず受けられるわけではない。まず一兵卒を経験しなければ、騎士の試験は受けられない。だから、騎士は皆兵士上がりである。

ビンズも一兵卒を経て騎士試験を通過し、マクロンの治政が始まる時に隊長に抜擢《ばってき》された。

兵士試験や騎士試験は、先の時代までは貴族子息の優先や口利《くちき》きなどが横行していたが、マクロンが王位に就《つ》いてからは実力主義に変わった。

四年以上かけて、マクロンは王城の正常化、いや清浄《せいじよう》化を果たしたのだ。後宮のことがおざなりになったのも頷ける。

「よし、次はセオね」

フェリアは練兵場を離れる。

少し先に闘技場がある。

「本当は私たちも試験を受けるべきですが、フェリア様のお傍《そば》を離れるなと王様の厳命がありまして」

ゾッドが少し悔《くや》しそうに言った。

「試験もなく、近衛への昇進は納得《なつとく》がいかないの？」

お側騎士の三人は例外として、近衛へ昇進した。この体制は変更《へんこう》のしようがないからだ。

フェリアとの連携《れんけい》は、既存《きそん》の騎士の中で最もできている。今さら、試験をする必要もない。お側騎士が近衛に昇進することに異議を唱える者などいない。

だが、当の本人たちは気にするのだろう。

「まあ、そうですね」

ゾッドが苦笑しながら言った。

フェリアは『そうよね！』と頷き、『いい方法があるわ』と続けた。

ゾッドがフェリアの思惑《おもわく》に気づくが、もう遅《おそ》い。

フェリアは闘技場の扉《とびら》をバーンと開けた。

「たのもおぉぉ――」

フェリアの道場破りのような登場に、闘技場の皆が面食らった。

第一隊の近衛と、試験希望で集まった騎士らがフェリアを見ている。

「あっ！」

フェリアは、奥《おく》の方で目を光らせている存在に気づいた。

「フェリア様、王妃の近衛選定ですから、もちろん妃選びの長老方、ペレ様もおられるのが普通ですよ。そう伝えるつもりでしたが」

ゾッドが言うも、時すでに遅し。

フェリアはヒクヒクと頬を引きつらせる。

「やっぱり、頼みませんわ！」

フェリアは勢いよく扉を閉めて、駆け出した。

その後、ペレが般若《はんにゃ》のような顔で、31番邸に来たのは言うまでもない。


マクロンはフェリアへどう連絡をつけようか悩《なや》んでいた。

ソフィアがカロディアに向かったことを伝えた方がいいのかどうか。ソフィアの目的が曖昧でわからぬ状態に加え、自身がソフィアをどう扱《あつか》おうか定まっていない。目的がわからぬから無理もないのだが。

敵と見なすか、味方と判断するか。まだ不鮮明《ふせんめい》だ。

その事も含め、文章で上手《うま》く伝わるとは思えない。

貴人の目的を探っていることは今朝方伝えたが、フェリアもすでに同じように動いている。どちらかと言えば、フェリアの方が絡まれているので、何か掴《つか》んでいるだろう。

『貴人がカロディアに向かったようだ』

そう一筆したためた文を見て、眉間《みけん》にしわが寄る。

破り捨て、再度紙に向かうも、思うように言葉は出てこない。

「そういえば、カロディアにはガロンが戻った頃《ころ》か」

クコの丸薬を作った後、他領で薬草の仕入れをしてから帰領すると言っていた。今頃、ガロンはカロディアに着いたかもしれないと、マクロンは思った。


「おーい、サム！」

ガロンは、魔獣の皮をなめしているサムに声をかける。

「ガロンさん、帰ってきたんですね」

サムがゆっくり腰を上げる。

「嬢《じょう》はお元気ですか？」

嬢とはフェリアのことだ。

「ああ、まあなぁ」

ガロンは曖昧に答えた。昏睡のことは公《おおやけ》にはなっていない。今後も非公開である。

「クコの丸薬をたくさん作ってきたから、大丈夫だろうなぁ」

「ハハハッ、それならきっと大丈夫。俺《おれ》だって、あれのおかげで今生きてるから」

サムが左足を擦《さす》る。

「……それは、お前の生きる力だって」

魔獣に足を噛《か》まれたサムは、もう狩りには出られない。できるのは、皮をなめしたり、薬の調合などの手作業だけだ。

「嬢に、最高の鞭を作るから、是非《ぜひ》持っていってください」

サムが笑う。

ガロンにはサムの笑顔《えがお》が痛い。だけど、それを口にしてはサムがもっと辛《つら》くなる。

「ああ、そうする。一角魔獣の干し肉の納品と一緒に持っていくさぁ」

ガロンはボサボサ頭を乱暴に掻《か》きながら答えた。

「それと、『おめでとう』って伝えてほしいです」

その言葉に、ガロンの言葉が溢《あふ》れ出す。

「無理しなくていいからなぁ」

ガロンは、サムを真っ直ぐに見て続ける。

「お前を魔獣の前に見捨てたのはフェリアだ。恨《うら》んでもいいし、罵倒《ばとう》してもいい。それがお前には許される」

サムも真っ直ぐガロンの目を見る。

「魔獣の大暴走を知らせに走った嬢を恨むわけない。そうしなければ、皆やられていたはずだから。カロディアと俺の天秤《てんびん》なんて、カロディアに傾《かたむ》くに決まっているじゃないですか。俺を助けて、俺たちの家族が……カロディアが犠牲《ぎせい》になったら意味がない。流石《さすが》は嬢だって思いましたよ」

サムが誇らしそうに、左足をポンと叩いた。

「俺の左足一本で済んだ。こんな奇跡《きせき》ないですって。嬢こそ、ダナンの王妃に相応《ふさわ》しい。きっと皆そう思っているんです。俺に遠慮《えんりょ》して、口にしないけど」

サムが森を見る。

ガロンもあの日のことを知っている。

「皆、気にしすぎですって。俺だけじゃないのに、魔獣にやられて狩りができないのは」

「すげえよなぁ、お前。……なあ、あれ、まだ持ってんのか？」

ガロンはサムを見られない。

「……さあ、どこにいったかわかりません」

魔獣狩りデビュー前に、サムが皆に公言していたことがある。

『最初の狩りが成功したら、リアに申し込む！』

サムが小さな箱を持っていたのを、ガロンは知っていた。


二日間の試験の後、『王妃近衛隊』に昇格《しょうかく》となった者が確定した。

マクロンは、すぐに名簿《めいぼ》を確認する。

「ビンズ、この中で一番若く、一番足が速く、さらに後宮に詳《くわ》しいのは誰だ？」

「セオです」

すでに名簿を確認済みのビンズが即答《そくとう》する。

「では、セオをお側騎士にする。31番邸の報告をセオにさせる。ゾッドらをフェリアの傍から離すな」

ビンズが真剣《しんけん》な顔で頷く。

「これで、お前の手間もなくなるだろう」

ビンズが今までマクロンとフェリアの文の橋渡《はしわた》しをしていたのだ。その役割もセオにすればスムーズになる。

「ありがとうございます。第四隊隊長と一緒に早急に騎士試験を行い女性騎士も育成していきます。それで……」

ビンズが困ったように分厚い書類の束をおずおずと差し出してきた。

「なんだ、これは？」

マクロンは、受け取ると中身を確認する。

そして、眉間に深いしわを刻んだ。

「貴族らは、女性騎士の募集を都合のいいように解釈《かいしゃく》していますが、その書類は、令嬢《れいじょう》の経歴書であった。ドレス姿の姿絵も添《そ》えられている。どう見ても騎士になどなれない者ばかりの書類だ。

「女性騎士でなく、単なる令嬢ではないか」

貴族らがまだ他の妃をマクロンにあてがおうとしているのだ。

マクロンは舌打ちする。これでは、また後宮が騒《さわ》がしくなる。貴族らは必ず言ってこよう。募集に応えたのだから、試験をするために後宮に入れろと。

「書類審査《しんさ》で落とすことができるか？」

「難しいですね。落としたところで、また貴族らは書類審査が通る内容を送ってきましょう。その内容が嘘《うそ》で埋《う》まっていても、確認するためには後宮で試験を行うことになりますから」

マクロンは急ぐあまり下手な策に走ってしまったと悔《く》やんだ。

「ペレと協議するしかあるまい」

ビンズが一礼して退室した。セオとペレに伝えに行くのだ。

マクロンは、直《す》ぐさま懐《ふところ》から紙を出して一筆したためた。

『会いたい』

フェリアはお側騎士になったセオから文を受け取る。

中を確認して、小さく頷いた。

『会いたい』は、いわゆる恋人とするような逢瀬の誘《さそ》いではない。数日前はソフィアの件を詳しく話せなかった。そこまでの時間が二人にないのは、ビンズが邪魔《じゃま》したからでなく、しきたりが邪魔をしているからだ。

互いの密な情報交換《こうかん》がまだできていない。

マクロンが切望するなら、きっと急を要することなのだろう。それも、二人だけで話したいに違いない。

フェリアもすぐに紙を用意しかけて止めた。

婆《ばあ》やが門扉から入ってくるのが見えたのだ。時折、婆やは腰の痛みを緩和《かんわ》するためフェリアに塗布《とふ》薬草を処方してもらっていた。

「セオ、返事は別の者に行かせるわ」

フェリアはうーんと背伸《せの》びする。周囲に視線をサッと動かし、今のやりとりを見ていた者がないかを確認した。

この邸の誰かがソフィアと繋がっているはずだ。

そうでなければ、『ノア』をどうやって知ったというのか。『ノア』はごく近しい者しか知り得ないのだから。

遠くベルボルト領に伝わったのは……いや、後宮の状況がソフィアに筒抜《つつぬ》けなのは、ここにそれを伝える誰かがいるせいだろう。

もちろん、先の試験で31番邸に配属になった者は、長老らが自信を持って選出したとわかっている。だが、それでも何らかの形で、王城内のことは外に出るものだ。間者による流出でなく、王城勤めの者の噂話《うわさばなし》程度としても。

ソフィアに伝わったのはその類いであると願いたい。

「さて、午後の予定はなんだったかしら？」

フェリアは、予定をこなしながら、夜になるのを待つのだった。


月夜より、曇りの夜がいい。

フェリアは夜空を眺《なが》めた。まだ満月には数日ある。

「明るいのは好きじゃないのよね」

フェリアは呟く。それはそうだろう。現在、フェリアはこっそり31番邸を抜け出している。

「そうでしょうね、脱走中《だつそう》なら」

ゾッドが少し剣呑《けんのん》に返した。

フェリアの脱走に気づいたのは、いつものお側騎士の三人だけだ。これも、彼らが昔のままなら気づかなかっただろう。あの昏睡事件が三人を成長させた。

「まさか、今までも同じように」

「してないわよ！　初めての脱走だもの」

お側騎士が疑わしそうにフェリアを見つめる。

「簡単に脱走できるだろうなって思っていた程度よ。ペレにだって、しないって言ってあるし」

「していますけどね」

すかさず、ゾッドが言った。

「仕方ないじゃない。マクロン様の要望だから」

「主の思うがままに」

お側騎士らが声を揃《そろ》えて言った。三人とも澄《す》ました顔でフェリアを見ている。

とは言っても、現状フェリアを含めた四人は、塀《へい》を登ったり下りたりしている最中である。

配備騎士に気づかれず、マクロンの元に向かおうとしているのだ。邸を突っ切っていくのが妥当だろう。妃たちが居なくなった邸に騎士は配置されていないからだ。

「酷《ひど》いじゃないですか!!」

フェリアは背後から聞こえた声にクスリと笑った。

新任お側騎士のセオがフェリアたちに追いつく。くねった道を走ってきたのだろう、汗《あせ》だくだ。

「あら、セオ」

「どうして、私だけっ、ウグッ」

続くだろう文句をゾッドの手が塞《ふさ》ぐ。

「うるさい。だが、お側騎士になったばかりでよく気づいたな」

「そうね、セオは優秀《ゆうしゅう》だわ」

おだてられたセオは、まんざらでもなさそうな顔で『へへ』とはにかんでいる。まんまと乗せられただけだ。

「配備騎士に気づかれないようにな」

ゾッドがセオに注意し、また進み出す。

「それで、どこでお会いになるおつもりですか?」

「今日は十一日だから、しきたり通り11番邸に決まっているじゃない」

「そこは律儀《りちぎ》なんですね」

ゾッドが塀を飛び越《とこ》えながら言った。

「今までだって、大義名分はあったわよ」

フェリアの返答に、ゾッドが少し考える。

フェリアは続けた。

「先日の課題も6番邸の開墾《かいこん》も、王城案内の時もそうだし、ちゃんとした理由でしょ」

「斜《なな》め上な理由ですけどね」

ゾッドが呆れたような声で返した。

「課題の横取りですからね」

他のお側騎士もクックッと笑いながら言う。

「でも、『当たり』を見つけたら31番邸に戻れるのだから、会う理由になるでしょ」

フェリアはフフフーンと鼻歌交じりの返答だ。

マクロンのしたり顔とどっこいどっこいである。

「それで、今回はどうやって連絡を取り合ったのですか？」

セオには頼んでいない。フェリアから文を出すことはしなかった。

「さあ、そこは秘密にしておくわ」

フェリアはまたも鼻歌交じりに返した。

11番邸は整地が始まっていて、雑然としている。

それでも、毒のお茶会があったティーテーブルの場所はそのまま残っていた。

そこに、マクロンがいた。

「ペレに聞いたぞ。試験を覗きに行ったそうだな」

マクロンがクッと笑った。

フェリアはへへッと誤魔化すように笑う。

「どうせなら、私を覗きに来てほしいのだが？」

「そ、そ、そんなことしません！」

フェリアはプイッと横を向く。

「少し離れていてくれ」

マクロンがフェリアの頭をポンポンと撫《な》でながら、近衛とお側騎士に命じた。

「フェリア、おいで」

マクロンに促され、フェリアは椅子に座った。

互いにフッと笑い合う。

「これは、いい方法だな」

マクロンは懐から『当たり』のリボンを出す。

「ええ、周りにも知られぬ連絡方法です。気づいてもらえて安心しました」

「まあ、婆やには知られているがな」

『当たり』のリボンは婆やの髪《かみ》に結ばれた。だから、お側騎士の三人は見つけ出せなかったのだ。王城の至る所に括りつけたリボンと、移動するリボン。本来、リボンは髪飾《かざ》りなのだから、とんちの効いたフェリアのお遊びでもある。

あの課題を応用して、二人だけが知る連絡方法にした。

「婆やを使わないことも考えましたが、それだと誰かに気づかれてしまいそうで」

二人でリボンを交《か》わす場所を決めることも手であったが、それでは他の誰かに見られる心配がつきまとう。婆やの髪なら、気づく者もいない。

「いや、固定の場所は、緊急《きんきゅう》時に使えない。もしもの時に、婆やならきっと上手くやれる」

二人の考えるもしもの時とは、敵に囲まれた時などの緊急事態を指す。

平和は一瞬《いっしゅん》で覆《くつがえ》されることもあるのだ。最悪を考えることこそ、統治者の責務である。

「本当は一人で来る予定でしたが、あの三人には……フフッ、四人には見つかってしまって。悔しいわ」

「一人で来たら、お側騎士失格だ。すぐに解雇《かいこ》するところだったぞ」

マクロンはしれっと言った。

フェリアはヒクヒクと笑う。

「この立場に、一人は許されない。覚悟はできているか？」

マクロンはフェリアの手を握《にぎ》った。一人にしてほしい……そんなわがままは一生許されない立場になる。王や王妃を一人にする体制などあってはならない。

だが、普通の生活をしてきた者には、苦痛を超《こ》えて拷問《ごうもん》になろう。

常に誰かが、自分を見ている生活なのだ。気がおかしくならないわけがない。

「楽しみです。だって、私はいつも一人になるよう挑めばいいのだもの。私の近衛は、きっとマクロン様の近衛より優秀になるわ」

マクロンが呆気《あっけ》にとられる。

「おい、まさか今日もそのつもりだったのか？」

「ええ、だから悔しいって言ったのですが」

フェリアは小首を傾げた。

「……全く、これじゃあ先が思いやられる」

そう言いながらも、マクロンが嬉《うれ》しそうなのは、覚悟を超えるフェリアの返答のおかげだろう。

「それで、急を要する事案があるのでは？」

「ああ、回りくどい説明はなしだ。まずは知っている情報を交換しよう」

フェリアは、知っていることを話し出す。

「貴人はいくつかの目的を持って王城に来たのだと思います。判明していることは、『ミミリーとの縁談』、『後宮の現状の確認』、『私への忠告』、それと『ノア』を欲《ほ》しいと言われました。理由は、養子息の心臓の病のため」

マクロンが頷き、口を開きかけるが、フェリアは首を横に振って止める。そして、続けた。

「両親へのお悔やみを受けました。……三年前まで養子息の薬は、カロディア前領主の父と母が処方していたのです。そして、薬がなく病状が悪化した。『ノア』は特効薬です。もちろん、全ての病気に効くわけではありませんが、臓腑《ぞうふ》の病には有効なのです」

フェリアは言い終わると大きく息を吐《は》く。

マクロンも夜空に向けて、息を吐いた。

「もう一つ気になることは……『ノア』の存在を貴人が知っていたことです。つまり、後宮の、いえ王城の情報が貴人に渡っているのです」

マクロンが苦虫を噛み潰《つぶ》したような表情になる。

「貴人が朝食会を蹴《け》って向かった先は、カロディアだ」

フェリアがヒュッと息を吸った。

「やっぱり、『ノア』が目的なの……」

フェリアの言葉は尻《しり》すぼみになる。

「国道管理のブッチーニまで同行している。先の事件のように、またカロディアが巻き込まれそうだ。すまない」

「兄さんたちに手紙を書きます。早馬を出してもらえますか？」

「ああ、承知した。それと、こちらからの情報はさっきのカロディアに向かったことだけだ」

フェリアは首を傾げる。早急に会う理由はなんなのかとの疑問だろう。

「ああ、すまないな。……これを見てくれ」

フェリアの疑問を察して、マクロンがテーブルにドサッと書類を置く。

フェリアはそれを手に取った。

経歴書と姿絵の書類だ。

「これは、お見合い書類ですか？」

フェリアはペラペラと書類を捲っていく。

「残念ながら、女性騎士の応募《おうぼ》書類だそうだ」

「は？」

思わず、フェリアはそんな反応をした。

「貴族らに通達を出したら、返ってきたのがこれだ」

「つまり、女性騎士の募集を上手く使って、マクロン様にこれらの令嬢をあてがおうと？」

マクロンは不機嫌《ふきげん》に頷いた。

「ビンズ曰《いわ》く、『書類審査で落としたところで、また貴族らは書類審査を通る内容を送ってきましょう。その内容が嘘で埋まっていても、確認するためには後宮で試験を行うことになりますから』だそうだ」

これがマクロンの会いたい理由だった。

フェリアは呆れてしまう。

だが、貴族らのこの動きもある意味流石だなと感心した。

だからこそ、こちらもそれを迎《むか》え撃《う》たねばならない。フェリアはクスリと笑う。

「女性騎士の試験ですから、先日の後宮の試験以上でなければいけませんわね」

「何か、考えがあるのか？」

フェリアは不敵な笑みで頷く。

「悪だくみの顔だな」

マクロンがフェリアの頬を優しく摘《つ》まんだ。

フェリアは頬をふくらませて対抗《たいこう》する。

「後宮での試験と同じように、移動試験とナイフを扱う試験を行いますわ。移動試験は王都から一番近い村まで。そして、その間で野営をしてもらいます。ナイフを扱えなければ野営でご飯を作れませんし。考えたくもありませんが、王妃の緊急時には荒《あ》れた道を進むことも、野営も辞さない状況にもなりましょうから」

マクロンが目を見開いた。

マクロンが思う女性騎士の到達点《とうたつ》を、フェリアも同じように考えていたからだ。

「それに合格した者が、王城で座学試験を受けます。これで、後宮で行った試験と同じ内容になりますわ。難易度は女性騎士の方が上になる試験内容に文句は出ませんでしょ？」

これでどうだと言わんばかりの、フェリアの意気揚々とした物言いに、マクロンの乾いた笑いが次第に大笑いになる。

「つまり、それを試験内容として書類を送ってきた貴族らに返信すればいいのだな？」

「ええ、きっと辞退の手紙が仰々《ぎょうぎょう》しい言い訳と一緒に戻ってきますわ」

「だが、全部辞退の可能性もあるな」

マクロンが苦笑いする。

「国営領の領主にも通達を出してください。そうすれば、幾人か釣《つ》れると思いますわ。辺境の国営領には、きっとお転婆娘《てんばむすめ》がいるはずですから」

フェリアはそう言ってウィンクした。

4……後宮の外

時はさかのぼる。

早朝出発したソフィアの馬車は、ベルボルト領経由でカロディア領に向かう予定をたてた。

「悪いぇ、ブッチーニ」

ソフィアはブッチーニ侯爵《こうしやく》に謝《あやま》る。

「いえいえ、まずは親同士が面談するのが、一般《いっぱん》的な縁談《えんだん》の進め方です。こちらに異論はありません」

ダナンでは、親が相手と面会するのが一般的な縁談の進め方である。ソフィアはまずミミリーに会った。今度はブッチーニ侯爵がソフィアの養子息と会う番だ。

「知っての通り、体調が芳《かんば》しくなくてのぉ。吹《ふ》き出物《でもの》も酷《ひど》く……カロディアに薬を依頼《いらい》したいと思うぇ。まあ、色々あったとはいえ、ミミリーは今、楽しく王城勤めしているようだし、口添《くちぞ》えしてほしいがいいかぇ？」

ソフィアがブッチーニ侯爵を同行させている理由は、縁談だけでなくカロディアとの橋《はし》渡《わた》しのためだ。

「あちらは、私を快く思っていないと存じますが、いいのですか？」

「何を言うのじゃ。ほれ、公爵《こうしやく》家よりまともだと思っているぇ。ミミズなど後宮ではお遊びじゃ。それに、そのミミズのおかげで畑が肥え、『ビタス病』では一役買ったそうではないか」

「まあ、そうと言えばそうなのかもしれませんが」

ブッチーニ侯爵は苦笑いだ。確かにタロ芋《いも》の栽培《さいばい》は後宮の土壌《どじよう》がいいおかげだ。まあ、ミミズも役割を果たしたとも言える。大半は、庭師の努力の結果だが。

「まあ、はい。王様にも次期王妃《おうひ》様にも、ある意味役を仰《おお》せつかっておりますな」

ブッチーニ侯爵もゲーテ公爵も、時流に乗り、マクロンやフェリアについた。それは、覆《くつがえ》せぬ事実である。マクロンもまたそれを受け入れていた。

「一角魔獣《まじゆう》の干し肉の輸送は、我《わ》が侯爵家が王様から承《うけたまわ》っております。カロディアともまあ、そこそこ……ですかな」

それこそが、ソフィアがブッチーニ侯爵を同行させる理由だろう。

「何ぇ、仲良しには思われたくないが、蜜《みつ》は手放さないとは、いい仕事をしておるの。ミミリーの下働きも見事な判断ぇ」

ブッチーニ侯爵が滅相《めつそう》もないと否定するが、目を弓なりにして愉快《ゆかい》そうだ。抜《ぬ》かりない貴族の姿である。

争った相手に尻尾《しっぽ》を振《ふ》るのを見せたくはないが、親密にはなっておきたい。その親密には、侯爵家の蜜（利益）もかけている。

ソフィアは口角を上げた。

「そして、この縁談ぇ。流石《さすが》、ブッチーニよ」

ソフィアに褒《ほ》め称《たた》えられ、ブッチーニ侯爵の顔はほころびを隠《かく》せない。

「さて、我《わ》が家《や》が見えてきたぇ」

ソフィアがベルボルト領に寄っている間に、カロディアに文が届いた。

リカッロが文を読んで顔をしかめた。

「どうしたんだぁ？」

ガロンはリカッロのしかめた顔に首を傾《かし》げる。

「また、フェリアが何かしでかしたのかぁ？」

「いや……読んでみろ」

ガロンは文を受け取ると読み始めた。

リカッロのしかめっ面《つら》とは違《ちが》い、ガロンは目をギラギラとさせ飢《う》えた獣のような表情になった。薬のこととなると、ガロンのまったりした風貌《ふうぼう》は姿を消してしまう。

「ガロン、顔がこえぇって」

リカッロが文を奪《うば》い取《と》る。

「お前、このベルボルト領の処方を聞いているか？」

それは、前領主の処方を薬師のガロンが知っているかという問いだ。師匠《ししょう》であり父である前領主から聞いているかと。

「いや、重要な処方は任されていなかったからなぁ」

ここで言う重要な処方とは、難しい処方ではなく、機密事項《じこう》の処方のことだ。例えば、毛生え薬のようなものや、他国からの依頼、そして貴族からの内密な依頼などである。

「まあな。父さんと母さんが請《う》け負《お》っていた重要な処方記録は全部崖下《がけした》に呑《の》まれたからな」

リカッロが大きく息を吐《は》き出した。

馬車ごと崖下に落ちてしまい、亡骸《なきがら》を引き上げるので精一杯《せいいっぱい》だったのだ。全ては雷雨《らいう》がもたらした悲劇だ。

たまたま、近くの木に落雷してしまい、炎《ほのお》が上がったことに興奮した馬が引き起こした事故。

「家に残っているのは、問題ない処方記録だけだしなぁ」

ガロンが処方記録の整理されている棚《たな》を見る。

「あそこに、ベルボルト領からの記録はなかったなぁ。ただ、父さんが臓腑《ぞうふ》の薬の調合をしていたことは知っているさぁ」

薬草馬鹿《ばか》のガロンが、調合に無関心なわけがない。

「お前、盗《ぬす》み見《み》ていたな？」

ガロンは『さあ？』と首を傾げる。肯定《こうてい》した表情だ。

「それで、どうするよ？」

リカッロがフェリアの文をヒラヒラと振った。

「貴族の相手なら経験がある俺《おれ》の方がいいよなぁ？」

ガロンはニッシシと笑った。

貴族総会然《しか》り、昏睡《こんすい》時のハロルドとのこと然り、ガロンにはその経験がある。

「まあな。裏がある貴族の相手なぞ、俺には無理だ」

リカッロがガロンの肩《かた》を叩《たた》いて、『任せた』と言った。

「俺は、ちょっくら王都に一角魔獣の干し肉を納品してくる。ほれ、あのミミズ侯爵だったか？　そいつのおかげで、スムーズに王都まで行けるようになったし、警護もいるから安心だしな」

スムーズとは、単に牛車から馬車に変わったからだ。ブッチーニ侯爵の計らいで国道の関所も難なく通れる。干し肉を狙《ねら》われても、護衛が対処してくれる。

ガロンは、『了解《りょうかい》』と言った後、少し考《かんが》え込《こ》んだ。

「なあ、兄さん。サムがさ、フェリアに鞭《むち》を作っているんだ。できたら、一緒《いっしょ》に持っていってほしい……いいかぁ？」

リカッロがガロンの背をバンバンと叩く。

「任せとけ！　安全な旅だ。サムも連れていく。せっかくだから、自分の手で渡した方がいいだろ」

「えっ、えっと、兄さん……それはちょっと、なんていうかさぁ？　な？」

「ん？」

リカッロの表情は、何も気づいていないものだ。

そっち方面に疎《うと》いのは十分わかっていたが、何も察しないリカッロに、ガロンは説明する気も起こらない。

「うん、兄さん。それでいいよ。サムもそうした方がきっとけじめがつくと思うしなぁ」

「おお、そうだろ、そうだろ！　使い勝手を本人に確認《かくにん》しなきゃ、職人として気がかりだろう」

ガロンはさらに脱力《だつりょく》する。

『兄さんの方が、ある意味裏がなさすぎて、貴族が戸惑《とまど》いそうだよなぁ』

ガロンは小さく呟《つぶや》いた。

「何か言ったか？」

「ああ、確認は必要かもなぁ」

ガロンは内心で思う。フェリアの幸せをちゃんと見て確認すれば、サムも前に進めるはずだと。

まだ懐《ふところ》にしまってある小箱への未練を断《た》ち切《き》ってほしいと。

翌日、領主の屋敷《やしき》に女が二人やってきた。

「おはようございます。リカッロ様、ガロン様」

リカッロはもう旅支度《じたく》を済ませている。

「どちらへ？」

年配の女がリカッロに問う。

「干し肉の納品。何か土産《みやげ》はいるか？」

「いいえ、滅相もありません！　お留守の間はお任せくださいませ」

年配の女が頭を下げる。慌《あわ》てて後ろの若い女も頭を下げた。

「兄さん、これ」

ガロンは分厚い本を三冊リカッロに渡す。

「おお、ネルに渡せばいいんだろ？」

「うん、お願い。だいぶ薬草の知識がついてきたから、今回は煮出《にだ》し薬の本なんだぁ」

ガロンとネルの親交はまだ続いていたらしい。

「あの……」

年配の女が遠慮《えんりよ》がちに声を出す。

「フェリア様に、これを持っていっていただけませんか？」

差し出されたのは、銀細工のブローチだ。

リカッロが手に取って確認する。

「あの……薬とかを入れておけます」

年配の女がリカッロの手にあるブローチの突起箇所《とつきかしよ》を押《お》す。ブローチはパカリと開いた。

「これは、どういう？」

「次期王妃様は、きっと生涯《しようがい》狙われましょう。先の王妃様も同じでした。このブローチは先の王妃様の形見です。そこに……解毒剤《げどくざい》や薬を入れて肌身離《はだみはな》さず持ち歩かれておりました」

リカッロもガロンもただ無言でブローチを見つめる。

「銀なのは、そういうことかぁ？」

「はい。毒に反応しますから」

「流石、前女官長だなぁ」

前女官長が首を横に振る。

「いいえ、先の王妃様を守れませんでした」

その物言いに、リカッロもガロンも引っかかる。

「どういうことだ？」

リカッロが訊《き》いた。

前女官長はハッとして、口ごもる。

「兄さん、野暮《やぼ》だって。後宮内の出来事はきっと裏があるんだろうしなぁ」

前女官長の手が強く握《にぎ》られているのを見て、ガロンが察した。

「フェリアはそんな柔《やわ》じゃねえよ」

リカッロが前女官長の背中をバンバンと叩く。

「でも、これはちゃんと渡しておく」

リカッロが荷物を背負った。

「じゃあ、行ってくる」

「サムによろしく」

「おおよ。留守番よろしくな」

リカッロが出ていった。

三人でそれを見送って、また屋敷に入る。

ガロンはホールのソファにドカッと座《すわ》った。

前女官長は台所でお茶の用意を、若い女は掃除《そうじ》へとわかれた。

ガロンは目を閉じ、思案する。

そこに、前女官長がお茶を持ってきた。

「では、洗い場におりますので、何かご用事がありましたら、お声がけください」

今、前女官長はこの屋敷の使用人である。もう一人の若い女は一緒に連れてきた元侍女《じじょ》だ。

フェリアを攫《さら》おうと、曲者《くせもの》らを王城に手引きしたあの侍女である。

「あのさ、今日か明日あたりに、お貴族様ってのが来る予定なんだぁ」

「では、先に応接室の準備を致《いた》しましょうか？」

「ああ、交渉《こうしょう》部屋もお願い」

「密談でございますか？」

一般客が応接室、内密な話を行うのが交渉部屋になる。交渉部屋は、外にいっさいの音が漏《も》れない造りである。

昨日の話に出てきた重要な処方が必要な者との交渉の場に使われたり、薬師同士の調合談義の場になったりもする。

「密談にしたいのは、たぶんあっち」

ガロンはそう言って、ふふぁーと欠伸《あくび》をする。

「お茶を飲んだら、薬草倉庫で作業しているから、何かあったら伝えてくれなぁ」


太陽は真上でカロディアの大地にさんさんと光を降り注いでいる。

前女官長は、手をかざして太陽を見た。

「よく乾《かわ》きそう」

それは、洗い場から持ってきた洗濯《せんたく》物のことでなく、薬草のことである。倉庫の屋上で、ガロンが薬草を干している。

瞳《ひとみ》が屋敷全体を見回す。フェリアの言っていたように広く複雑だ。

前女官長は、汗《あせ》を拭《ぬぐ》って一息ついた。

洗濯物がパタパタと揺《ゆ》れている。そよ風が気持ちいい。

「本当に、こんなに汗を掻《か》くのはいつ以来かしらね」

先の王妃の侍女になったばかりの頃《ころ》は、洗濯さえ仕事であった。

侍女なのにどうして洗濯をしなければいけないのかと果敢《かかん》にも先の王妃に伺《うかが》うと、『身の回りの者、身の回りの物全て異変がないかを知るためよ』と悲しげに答えていた。『知らぬ者の手に渡ると……何をされるかわからないから』と。

「王妃様……」

前女官長の悔恨《かいこん》の日々は終わらない。それも二人の王妃に対してだ。もちろん、一人は次期王妃のフェリア。もう一人は、先の王妃になる。

前女官長は胸に手を当てて思い出す。

……次期王妃様のことは、憑《つ》き物《もの》が落ちたように気持ちは安らかだ。きっと、あの方なら、大丈夫《だいじょうぶ》だろう。

大丈夫でなかったのは、先の王妃様。あの出産の日を思い出すと、胸が焼けつくように痛く苦しい……。

「何ぇ、サリーではないか？」

前女官長は一瞬《いっしゅん》空耳かと思った。

「石台に行ったのかと案じていたぇ」

前女官長サリーは、恐《おそ》る恐る顔を上げた。

「久しいの」

サリーは喉《のど》が裂けんばかりの悲鳴にも似た叫《さけ》びを上げた。

「この人殺しぃぃぃぃ!!」

サリーの叫びを聞いて、ガロンは屋上から飛び降りた。

「おい、どうした⁉」

ガロンの目に、ゴッテゴテのドレスを着た婦人と、ブッチーニ侯爵が映る。そして、今にも婦人に襲《おそ》いかからんとするサリーの姿。それを押さえるブッチーニ侯爵も目に入る。

「ああ、薬師殿《どの》！　ちょうど良いところに」

ブッチーニ侯爵がサリーをどうにかしてくれと訴《うった》える。

ガロンはポケットから香《かお》り袋《ぶくろ》を出して、興奮しているサリーに嗅《か》がせた。

次第《しだい》に、荒い息が落ち着いてくる。

「少しは落ち着いたかぁ？」

サリーがガロンの言葉にハッとして体を縮ませた。

「お茶の用意をしてくれないかぁ」

サリーは顔を上げず、深くガロンに礼をして屋敷に入っていった。

ブッチーニ侯爵がブツブツと文句を言っている。

「命拾いして、ここで働かせてもらっているというのに、あの女は昔からいけ好かないですな。口ばっかり達者だ。まだ、先の王妃様の威光《いこう》を振りかざして、戯《ざ》れ言《ごと》で貴人様を侮《ぶ》辱《じょく》するとは……私が王様に伝えましょうか？」

ブッチーニ侯爵からの伺いに、ソフィアはフイッと顔を逸《そ》らして応えた。それだけです

るなとの命令になる。

「ブッチーニは、ここにサリーが居ることを知っていたのかぇ？」

「え？　ああ！　確かに、あの女は突然《とつぜん》王城から消えたので、皆《みんな》、石台行きになったと噂《うわさ》していましたな」

石台とは処刑《しょけい》台のことだ。

王城から突如《とつじょ》消える者の末路は、石台行きと決まっている。

「内密にと次期王妃様に言われておりまして……貴人様も口外なくお願い致します」

『そうか……道理で後宮内を散々捜《さが》しても見つからなかったわけぇ。やはり、動いて正解だったの』

「ゴッホン！」

ソフィアの呟きは小さすぎてブッチーニ侯爵の耳には届かなかった。

ガロンはわざとらしく咳払《せきばら》いする。

「こちらのお方は？」

ガロンはソフィアに笑《え》んだ。フェリアの文でわかってはいるが、ここは知らぬふりをする。

どっちみち、紹介《しょうかい》は必要な儀式《ぎしき》だ。特に貴族がこれを怠《おこた》ることはない。

「おお、これは失礼をした。では、私が仲介《ちゅうかい》をしましょう」

これは、互《たが》いの位がわかるブッチーニ侯爵しかできない。

だが、ここでブッチーニ侯爵が迷い出す。低位の者から紹介し、高位の者へと移る。紹介で立ち位置が決まるのだ。

ソフィアとガロンの間を視線が忙《せわ》しなく動く。

元側室であるが、王族から除籍《じょせき》された貴人のソフィア。爵位《しゃくい》はなく貴人という通称《つうしょう》の立場。平民ではないが爵位ある貴族とも違う。爵位なしの貴族以上の位。全くもって微《び》妙《みょう》な立場である。マクロンもこのことをエミリオに言っていた。

そして、ガロンも同様だ。平民であるが次期王妃の兄。王族と縁《えん》続きになる者。加えて、今後リカッロやガロンはビタス病対策の功績で、褒章《ほうしょう》される可能性もある。つまり、マクロンから爵位を賜《たまわ》れるかもしれないのだ。

「何ぇ、ブッチーニ。そう悩《なや》むものでない。今や、私は過去の者ぇ。過去から現在が普通《ふつう》であろう？」

自身は過去の妃《きさき》、フェリアは現在の妃になるのだから、それに合わせよとのソフィアらしい言い回しだ。

「このブッチーニ、ソフィア貴人様のお心持ちに胸が熱くなります」

このやりとりも貴族らしい儀式である。

「ガロン殿、こちらのお方は、先の王様の第一側室で在らせられましたソフィア貴人でございます」

ガロンは軽く頷《うなず》く。

「ソフィア貴人様、こちらは次期王妃様の二番目の兄であり、優秀《ゆうしゅう》な薬師でありますガロン殿でございます」

ソフィアが軽く膝《ひざ》を曲げ返礼する。

「ところで、リカッロ殿はどちらに？」

ブッチーニ侯爵が屋敷をチラリと見た。

「兄さんなら、一角魔獣の干し肉の納品に朝方出発したばかりですよ」

ブッチーニ侯爵が大げさに残念だと言う。だが、慌てることはない。つまり、リカッロに用はないのだ。

ガロンはわかっていたが、問う。

「それで……『人殺し』の理由を伺っても？」

強烈《きょうれつ》な先制パンチであった。

屋敷前から応接室へと皆が移動した。

応接室には、商品が並べられている。主にリカッロが調合した軟膏類《なんこうるい》だ。

ブッチーニ侯爵が、軟膏をマジマジと眺《なが》めている。

「お茶が来るまでゆっくり見ていてください」

ガロンは貴族の前では口調が改まる。

「こ、これは！」

ブッチーニ侯爵が桃色《ももいろ》の小瓶《こびん》を手にした。

「流石、ブッチーニ侯爵様。知っていましたか？」

「ああ、『幻《まぼろし》の美容液』ではないか⁉　妻にずっとせがまれて、欲《ほ》しいと思っていたものだ。まさか、カロディアで作られていたのか？」

「ええ、兄さんが気ままに作るので、出回らないのです。ここ数年作っていなかったんですよ。色々と忙《いそが》しくて」

領主業が忙しく、それどころではなかったのだ。リカッロの得意分野は軟膏系の薬、ガロンが臓腑系の薬の担当である。だが、リカッロはここ三年ほど、薬の調合に時間を費《つい》やせなかった。領主業の引《ひ》き継《つ》ぎに追われていたからだ。

ブッチーニ侯爵がキラキラした目でガロンを見つめる。

「ハハッ、昨晩兄さんが気まぐれに作っていたから、今は店舗《てんぽ》に在庫がありますよ。行ってみてはどうです？」

「ブッチーニ、行ってくればいいぇ。もう十分仕事はしてくれた。のんびりしてくれ。手間をかけさせたな」

「いいえ、とんでもない！　おかげで、『幻の美容液』にたどり着けました。こちらこそ、ありがとうございます。では、お帰りの際は店舗まで」

ブッチーニ侯爵が退室した。

「……」

「……」

ガロンもソフィアも無言で、見つめ合う。

「失礼致します」

サリーがお茶を持って入ってきた。

「あの、ブッチーニ侯爵様はどちらへ？」

「店舗に買い物しに行ったさぁ」

サリーは余ったお茶を持ち、退室しようとした。

「サリー、待て。『人殺し』のわけを知りたい」

ガロンの言葉がサリーに突き刺《つ　さ》さる。

「もしくは、貴人様に再度伺いましょう。『人殺し』の理由を」

ガロンは、二人に揺さぶりをかけた。

「話したくありません」

サリーが震《ふる》えた声で言う。

「交渉部屋に移動しよう。貴人様もよろしいですか？」

「ああ、誰《だれ》かに聞かれたらまずいぇ。『亡《な》き王妃の死の真相』など」

ソフィア貴人の真の目的が明かされる。


カロディア領を出て二日後、リカッロは王都に到着《とうちゃく》した。

牛車より一日早い到着だ。

「サム、すまないがレストランへ納品してくれ。俺はちょっと用事を終わらせてくる」

「それは、はい大丈夫です。でも、本当に俺も王城に入れるのですか？」

「ああ、もちろんだ。俺についてくれば大丈夫だ！」

サムが難しそうな顔でリカッロを見る。

「なら、リカッロさんが持っていってくださいよ」

「いやいや、それじゃあ使い勝手の確認ができないだろ？　ちゃんとフェリアの手に馴染《なじ》むか確認しろよ、職人なら」

リカッロは、サムの肩をポンッと叩いた。

「九尾《きゅうび》魔獣の尻尾の鞭なんて一級品、フェリアは大喜びするさ。ちゃんと手渡した方がいい」

「……まあ、はい」

サムがリカッロの押しに負ける形になった。

「王城から知らせが来るまでゆっくりできる。宿はローラ姐《ねえ》さんに訊けばいい。フェリアが王妃になるまで、王都で芋煮《いもに》作るって張り切っちまって全然カロディアに帰らないんだ。サムからも説得してくれよ。ローラ姐さんがいないと、カロディアの魔獣が増えるってさ。じゃあな」

「そんなこと言ったら、かえって説得になりませんよ……」

サムが言い終わる前に、もうリカッロの背中は遠くに行っていた。

サムが『ハァ』とため息をついた。

リカッロは王城近くに居を構えるゲーテ公爵の屋敷に向かった。

「さてと……」

リカッロは懐から二冊の手帳を取り出す。

一冊はこびりついたシミで開くことができなくなっている。無理に剥《は》がそうとすれば、ボロボロと崩《くず》れ落《お》ちるだろう。

そして、もう一冊の手帳はなんとか開けるが、それでもシミで読めないページもある。

「父さん、母さん、ここに俺の美容商品を納品していたとはな」

シミは両親の血の跡《あと》だ。崖から引き上げた時、懐に小袋と一緒に入っていた。

ページを開くと、『ゲーテ公爵夫人、美容商品三点（リカッロ調合品）』と書かれている。

フェリアの文が届いた後、ガロンと一緒に遺品を確認した。

三年前はあまりに凄惨《せいさん》な血の跡に、フェリアが気を失い木箱に収めてしまった。その時に、取り出したのは稀少《きしょう》な『ノア』が入った小袋だけである。

「父さん、母さん、ちゃんと後を引き継ぐぞ」

今回を機に手帳を開いたリカッロは、三年前に途絶《とだ》えた取引に取り組むことにした。ガロンも同じである。やっと、本当に前に進めるのだ。

「だけど、重要な納品の方が無理だよな」

開けなくなった手帳は、機密性の高い納品記録。開ける方は、主に貴婦人たちへの納品が記されているようだ。

この納品歴の記述がある処方記録は、カロディア領にはない。

「内緒《ないしょ》の仕事か」

リカッロは、気を引《ひ》き締《し》め屋敷の門の前に立った。

門番らしき男がリカッロを訝《いぶか》しげに見る。

「すみません。公爵夫人はおいででしょうか？」

「先に名乗れ！」

男がフンと鼻を鳴らした。

「カロディア領主リカッロだ。夫人の『美容商品』を納品に来た」

「……カロディアだと？」

ダナン王都で、今やカロディアを知らぬ者はいない。

「ああ、そうだ。信用しないならいいさ。言伝《ことづて》だけでいい。商品がいらないなら納品しないだけ。ここで待っていても仕方ないから、帰るが言伝だけはしておいてくれよな！」

リカッロは踵《きびす》を返《かえ》した。

慌てたように『待て』と言われるが、リカッロは面倒《めんどう》くさそうにヒラヒラ手を振っただけだ。フェリアを王城に連れてきた時のように。

リカッロは、露天《ろてん》市場へと向かう。

「さてと、クルクルスティックパンでも買おう。腹が減ったぜ」

――三本ほど平らげた時だ。

「ハァハァ、ちょっとあんた……来てくれ」

さっきの門番が汗だくでリカッロの袖《そで》をむんずと掴《つか》んでいる。

「やっぱり王城よりは遅《おそ》いな」

リカッロは呟いた。フェリアの時はパンを食べる間もなく王城に連れ戻《もど》された。

「何か言ったか？」

門番が苦しそうに息継ぎしている。

「いや、なんでもない。さてと、納品しに行こうか」

門番がホッとしたように頷く。

「しこたま怒《おこ》られたんだぞ」

そうブツブツ言っているが、リカッロはガハハと笑うだけだ。


夫人の私室とやらに通される。応接室でもサロンでもなく私室。それだけ、この納品は内緒にしているのだろう。

「それで、出してくれぬか」

扇子《せんす》から目だけ出した夫人が言った。

「その前に確認を。取引は美容商品三点で間違いありませんか？」

「ええ、三年ほど前まではそうだったわ。まさか、あの薬師たちがカロディアの領主だとは思わなかったのよ。美白美容液とシミ消しクリーム、それと保湿《ほしつ》の軟膏を取引していたわ」

リカッロは何も書かれていない新しい手帳に記していく。

「それらは、元々私の調合した商品です。父と母が上手に売っていたようですね」

リカッロが美容商品を作る頻度《ひんど》は極《きわ》めて低い。本当に気ままな暇潰《ひまつぶ》しに作っていただけだ。

それもカロディアの姐さんと呼ばれる軍団のために。魔獣と戦う姐さん軍団の肌が荒《あ》れないためである。

「そうなのね！　あれよりもいい美容液はないのよ。助かったわ。『幻の美容液』をまた手にできるなんて」

夫人がご機嫌《きげん》になる。

「それはそれは、ありがとうございます。取引の継続《けいぞく》でよろしいでしょうか？」

「ええ！　お願い」

リカッロはテーブルに四つの商品を並べた。

「ああ、失礼。これは違いましたね」

そう言って、綺麗《きれい》な琥珀《こはく》色の小瓶を片づける。

「それは、何かしら？」

夫人がめざとく訊いた。

「……いえいえ、お気になさらずに。これは未発表の美容商品なのです。『濃厚《のうこう》美容液』

でして、材料が稀少でまだ三つしかありません」

　夫人の目がキラリと光る。

「お一つわけてほしいわ」

「よろしいのですか？　未発表の価値のない商品ですよ」

「それがいいのよ！　まだ誰も持っていないなら、それだけ稀少性が高いのよ。美白美容液だってそうだもの！　持っているだけで自慢《じまん》できるのよ」

　夫人が興奮している。そう仕向けたのはリカッロだが。

「仕方ありません。ではお一つお譲《ゆず》りしましょう。その代わり、この美容商品の出所は内密にしてください」

「当たり前じゃない！　そんなことを教えるお馬鹿さんじゃないわ。誰もが持っていては誇《ほこ》れないもの。幻や唯一《ゆいいつ》に価値があるのよ。これで、夜会の主役になれるわ」

　夫人が大層ご機嫌で大枚をはたいた。『オホホホホ』と高笑いが響《ひび》く。

　リカッロは終始ニコニコして取引を終えた。

　カロディア領ではブッチーニ侯爵が、王都ではゲーテ公爵夫人がリカッロの美容商品を手に入れた。

　公爵邸を出た後、ゲッソリしてリカッロは歩く。

　夫人の前で振りまいたニコニコの面影《おもかげ》はない。

「だから、貴族との取引は嫌《いや》なんだ。よく父さん、母さんはできたもんだよな。あんな会話を繰《く》り広《ひろ》げるなんて、どんな拷問《ごうもん》なんだ」

そうブツブツ言うものの、最初の取引が上手《うま》くいったので足取りは軽《かろ》やかだった。

両親の仕事を引き継げた安堵《あんど》感からだろう。


リカッロが宿に入ると、ローラが仁王立《におうだ》ちしていた。

「うお、なんだよ」

「早く、保湿軟膏を出しさね」

ローラに圧倒《あっとう》されて、リカッロは素早《すばや》く軟膏を取り出した。

「レストランじゃあ、水仕事が多くて手荒れひび割れがすごいんだ。今度から、納品の度《たび》に薬用軟膏をお願いしたいさね」

「あ、あああわかった。そんなに圧をかけるなって」

ローラをなだめて、サムのいる部屋に入ろうとする。

「領主、これを渡すのを忘れていたさね」

ローラが王城からの封筒《ふうとう》をリカッロに渡した。

何度か受け取ったことのある仕様の封筒だ。王直筆の手紙が入っている封筒である。

リカッロはすぐに中を確認する。

「明日、登城することになった」

王都に入ってすぐ、王城には到着の知らせが出ている。一角魔獣の干し肉の搬入《はんにゅう》は、常に王城に知らせがいく体制だ。その際、王との面会希望を伝えてもらうようお願いしていた。

「そうかい。私も嬢《じょう》から文をもらったさね。一緒に王城に行くしかないね」

ローラがフェリアの文をヒラヒラさせた。

「なんでだ？」

「女性騎士《きし》の推薦《すいせん》状さね」

リカッロの顎《あご》が外れた。

5 覚悟

翌日。

「面会を融通《ゆうづう》していただきありがとうございます」

リカッロが膝《ひざ》をついて頭を下げる。

横の男もあたふたと膝を曲げようとするが、体勢を崩《くず》した。

「王様、申し訳ありません。この者は足を少々痛めておりまして、膝を曲げた体勢が保てないのです」

リカッロがサムを支えた。

「フェリアの幼なじみのサムです。魔獣《まじゅう》の革《かわ》職人でして、一級品の鞭《むち》を献上《けんじょう》したいそうで連れてきました！」

リカッロがサムにニカッと笑った。

サムが『ウッ』と喉《のど》を詰《つ》まらせる。

「王様にお目にかかれて、感激のあまり声が出ないのでしょう」

リカッロがまたニカッと笑った。

「無理に膝を曲げずとも良い。椅子《いす》を用意させよう。いや、待てよ……フェリアのところに行こう！　せっかく兄と幼なじみが王城に来たのだ。久しぶりにフェリアも会いたいに違《ちが》いない。そうだろう！」

マクロンは意気揚々《いきようよう》と発する。

会いたいのは王様でしょうにと皆《みな》が思ったのは言うまでもない。

サムの歩調に合わせて、王塔《とう》から執務殿《しつむでん》、練兵場や闘技《とうぎ》場を横目に城門前の広場へと進み、後宮の入口の扉《とびら》が見えてくる。

サムをガゼボで一旦《いったん》休ませ、マクロンはリカッロと扉の前で小声の会話をする。

「リカッロ、早馬は着いたか？」

「はい。お二方の到着《とうちゃく》前に私は出発しました。ガロンが対処するそうです」

「それで、例の薬に関して何か情報はあるか？」

マクロンの言う薬とは、ソフィアの養子息に処方されていたものだ。

「残念ながら、カロディアにその処方記録はありません。あるとしたら、両親と一緒《いっしょ》に崖《がけ》下《した》に呑《の》まれた重要な処方記録の方でしょう」

「すまない」

マクロンは、崖下に落ちた両親のことを口にしなければならないことに詫《わ》びた。

「いいえ、やっと引《ひ》き継《つ》ぎが始められました。今まで、両親の内密な仕事まで手が回らなかったのです。それを思い起こさせていただきました。ガロンも私も、今後手つかずの仕事の引き継ぎに邁進《まいしん》します」

リカッロが懐《ふところ》から手帳を取り出す。

「これです。父の懐にはこの手帳が。母の懐には『ノア』の入った小袋《こぶくろ》がありました。これからなのです」

リカッロが、処方記録はないけれど納品記録の一部が存在すると言う。これで、両親の軌跡《きせき》を追うそうだ。『ノア』はフェリアが引き継いだからともつけ加えた。

「そうか、そうだな。例の件はこちらでなんとかけりをつけたい。また厄介《やっかい》になるが、頼《たの》んだ」

養子息の病状はガロンしか判断できないだろう。けりは王城で、病気はカロディアに頼む。マクロンはそうリカッロに言ったのだ。

ソフィアの目的が本当に養子息の救済ならばだ。

「ガロンなら、きっと調合できますよ。『ノア』は簡単に譲《ゆず》れません。素人《しろうと》が扱《あつか》うには、危険すぎますから。一角魔獣の干し肉やタロ芋《いも》以上に、喉から手が出るほど欲《ほ》しい一級品なのです。魔獣の棲《す》む天空の孤島《ことう》領に窃盗《せっとう》に来る者はそうそういません。そして、この王城も安心安全な場所です」

マクロンは頷《うなず》く。後は、ソフィアが戻《もど》ってきてからだ。

「それで、彼《かれ》はなぜ連れてきたんだ？」

マクロンは足を擦《さす》るサムをチラリと見る。

「九尾魔獣《きゅうびまじゅう》の尻尾《しっぽ》の鞭という一級品を、幼なじみのフェリアにお祝いの品として贈《おく》りたいそうです。職人として、見定めたいのでしょう。王様も鞭のすごさに驚《おどろ》きますよ、きっと。フェリアの手に馴染《なじ》むよう微《び》調整させます。だから、連れてきました」

リカッロが満足そうに頷きながら言った。

マクロンは、サムをなぜか意識する自身に気づく。フェリアの周辺には、今まで自分の把握《はあく》する同性しか存在しなかった。兄妹《きょうだい》であるリカッロやガロンは別として、フェリアの周りにいたのは騎士《きし》だけなのだ。

それがどんなに自身の心の平穏《へいおん》を保っていたのかと、今さらながらに気づく。

「亡《な》くなった両親は、酒を飲むとよくサムとかをフェリアの許嫁《いいなずけ》にすると吹聴《ふいちょう》していました。そういう意味では信頼《しんらい》のおける者です。上等な鞭ですよ。このリカッロも保証します」

マクロンは完全に固まった。

「いい……なずけ？」

マクロンの口から溢《こぼ》れた言葉は、リカッロの耳に入らない。

失言に気づくこともない。だから、構わず続ける。

「まあ、許嫁といっても、当の本人たちは両親の言葉なんてどこ吹《ふ》く風って感じで、魔獣狩《か》りごっこに夢中でした。まだ皆一桁《けた》の年齢《ねんれい》の頃《ころ》ですけどね」

リカッロがガッハッハと笑う。

マクロンは、リカッロの発言を理解するのに時間がかかった。

「それは一般《いっぱん》的に言う、親同士の酒のつまみ的な話か？」

「はい！　そうです。あの頃はフェリアには七人ぐらい許嫁が存在しましたよ。酒を飲む度《たび》に、ころころ許嫁が変わるんです。だから、誰《だれ》も本気にしませんでしたけどね」

マクロンはここでやっと立ち直る。

「まさか、今後もその七人が順繰《じゅんぐ》りに祝いの品を持ってきたりはしないな？」

「ハハッ、サムが持ってきたと知ったら、皆そうするかもしれません」

マクロンはヒクつく。

「まあ、サム以外、皆結婚《けっこん》しているんで、そうそう王都には来られませんけど」

そこでも、マクロンは引っかかる。

「サムはなぜ結婚していないんだ？」

「きっと、フェリアの結婚を見届けてからと思っているんです」

それはなぜかと、訊《き》こうとするとリカッロがサムに声をかける。

「サム、もう行けるか？」

「はい。大丈夫《だいじょうぶ》です」

　マクロンはモヤモヤする感情を持ったまま後宮の扉を開けた。

　31番邸《てい》の門扉《もんぴ》の騎士がマクロンの到着を中に知らせる。

「マクロン様！」

　愛《いと》しい者の声は、なぜこうも癒《い》やされるのだろう、マクロンの顔は自然に穏《おだ》やかな笑顔《えがお》になった。

「ええ!?　なぜサムがいるの？」

　他の男の名を口にするフェリアに、マクロンの顔は瞬時《しゅんじ》に渋《しぶ》くなる。

　フェリアが慌《あわ》てたようにマクロンに駆《か》け寄《よ》る。

「マクロン様、すぐに横になって！　どこか具合が悪いのでしょ？」

　フェリアの顔がマクロンを覗《のぞ》き込《こ》んでいる。

「頭痛ですか？　それともどこか痛いところが？」

「い、いや、なんでもないが」

「おかしいわ。さっき、何かに耐《た》えるような顔をしていたもの」

　フェリアの手が額や耳の裏に触《ふ》れる。

　マクロンは、気恥《きは》ずかしくなった。自身の嫉妬《しっと》を口にするわけにはいかない。だからといって、この状況《じょうきょう》もまずい。

「大丈夫だ」

思わず、フェリアの手を邪険《じゃけん》に振《ふ》り払《はら》ってしまった。

フェリアの目が大きく見開かれた。

「あ、の……私」

フェリアが後ずさっていく。

「違う、違うから」

マクロンは、フェリアに手を伸《の》ばした。

しかし、タイミング悪くビンズが現れる。

「王様、いつになったらしきたりを覚えてくれるのですか?」

いつもなら、威勢《いせい》のいい反応をするマクロンが固まっているのを見て、ビンズが不思議な顔をする。

「ビンズ、マクロン様は調子が悪いみたいだわ。少し休養させてくれるかしら?」

心なしか沈《しず》んだ声のフェリアの言葉に、どうすることもできず、マクロンはさらに無口になってしまった。

ビンズが訝《いぶか》しげにマクロンを見る。

「王様、こちらへは何用で?」

ビンズがマクロンに問う。

それが、場の切り替《き》《か》えに繋《つな》がった。

マクロンは、フェリアの言葉に上手《うま》く対応したビンズに内心感謝した。

「ああ、リカッロとサムを案内してきた」

「サム？」

ビンズが新顔のサムを見る。

サムが慌てて頭を下げた。

「魔獣の革職人だ。ところで、お前も誰か連れてきたのか？」

門扉に人影《ひとかげ》が見えた。

「はい。フェリア様が女性騎士の推薦《すいせん》状を出したローラという者です」

「ローラ姐《ねえ》さんが来ているの⁉」

フェリアが嬉《うれ》しそうな声を出す。

マクロンはホッとした。そして、ビンズに目で訴《うった》える。

「ビンズ、少しばかり良いではないか。せっかく皆が集まったのだ。時間をくれまいか？」

「……はい。かしこまりました」

いつもなら、マクロンを引きずっていくビンズも、何かに気づいたのかマクロンの希望を叶《かな》える。

「フェリア」

マクロンはフェリアを呼ぶ。

フェリアがおずおずとマクロンの元へと戻ってくる。

マクロンの差し出した手に、フェリアの手が重なる。

マクロンは無意識にフェリアの手を握《にぎ》った。エスコートなら、手を添《そ》えるだけであるのに。

「え？」

フェリアが手を凝視《ぎょうし》する。

「ん？」

マクロンもフェリアの視線を追って握った手を見る。

「……」

「……」

二人とも時が止まったように動かなくなってしまった。

「ありゃ、仲良しさね」

邸内に入ってきたローラが言った。

ティーテーブルに皆が座《すわ》っている。

耳の赤いマクロンと、頬《ほお》が紅潮しているフェリアの姿を見て、笑いを堪《こら》えている。

「結局、さっきのはなんだったのです？　もう大丈夫なら、王様を回収しますが」

若干《じゃっかん》不満げにビンズが言った。

「男と女のことに口を挟《はさ》むなんて、野暮《やぼ》なことを訊くもんじゃないさね」

反応したのは全く経過を見ていないローラだった。

ビンズがムッとローラを見るも、ローラはどこ吹く風だ。

「はいはい、仲良しならもういいでしょう。王様行きますよ！」

あえてローラの言葉を使いビンズがマクロンを急《せ》かすが、マクロンの腰《こし》は重い。

「鞭の微調整が必要なのだな？」

マクロンはサムに向かって言った。

「はい。できれば広い場所がいいのですが」

「この邸《やしき》では無理なのか？」

「九尾魔獣の尻尾の鞭ですから、力の加減で振り抜《ぬ》いた伸びが計り知れません」

「ちょっと待って！　九尾の？」

マクロンとサムの会話にフェリアが入ってくる。

サムがそこで鞭を取り出して、椅子から立ち上がり、フェリアの前で無理やり膝をついた。

「九尾魔獣の尻尾の鞭です。お祝い品です。どうぞお納めください」

「サム……」

フェリアの声には震《ふる》えがあった。

マクロンはその震えの意味を考えると、胸がズキズキと痛み出す。違ってほしいと思いながらも、フェリアの心にサムがいるのではと勘《かん》ぐってしまうのだ。

「なんて、なんて、至高の一品なの！」

マクロンの危惧《きぐ》とは裏腹に、フェリアの声は歓喜《かんき》に満ちていた。サムへの思慕《しぼ》など感じられない興奮した声だ。

マクロンは、やっとフェリアを見る。

サムから鞭を受け取って、嬉しそうに眺《なが》めている。

「マクロン様、見て！」

フェリアが鞭を見せてくる。

その瞳《ひとみ》には、サムでなく鞭しか見えていない。それだけでなく、鞭を見せているにもかかわらず、マクロン自身も視界に入っていない。うっとりと鞭を見つめているのだ。

マクロンは苦笑《くしょう》する。情けなさや至らなさ、いや、嫉妬するとはと恥ずかしい思いにかられた。

だが、そこは王としての顔を見せねばならない。マクロンはサムに声をかける。

「見事な品に感謝する。今後も励《はげ》め」

「ありがたき幸せに存じます！」

サムがゆっくり立ち上がった。

そこに男の顔がある。

マクロンはサムのその顔をしっかり受け止めて頷く。

「闘技場を押《お》さえよう。日にちを調整する」

そこでやっとビンズに向き合う。

「そういうことだ。手間をかけたな」

ビンズが返答する前に、マクロンは席を立った。

恥ずかしさを捨て、フェリアの手を取る。

「見送ってくれ」

フェリアの満面の笑《え》みが返ってきた。

手を繋いだまま門扉まで歩きリボンを奪《うば》う。

「少し離《はな》れろ」

マクロンは近衛《このえ》とビンズにきつく命じた。

周囲が少し離れると、マクロンはフェリアの髪《かみ》をすくって口づけた。

「正直に言う。フェリアが私以外の男の名を口にして嫉妬したのだ。こんな小さい男ですまない」

フェリアが小さく首を横に振る。

「エヘへ、嬉しい」

照れたように言った。

「でも、今度手を振り払ったら、平手打ちをお返ししますから」

フェリアが口を尖《とが》らせる。

「ああ、構わん」

マクロンはやっと心を落ち着かせた。


「仲良しごっこは終わったのかい？」

ローラが戻ってきたフェリアをからかう。

「野暮よ」

フェリアはベーッとローラに舌を出した。

「俺《おれ》にはさっぱりわからなかったが、何がどうした？」

リカッロが不思議そうにサムに向かって口にした。

サムが苦笑いしている。

「……たぶん、男ってそういうもんなんです」

サムがフェリアにニッと笑った。

フェリアはイーッとサムを牽制《けんせい》する。

「幸せそうで安心した。いえ、しました」

サムが言った。

「幸せそうじゃないわ。幸せよ」

フェリアは胸を張る。

リカッロもサムも、ローラも嬉しそうに頷いた。

懐《なつ》かしい面々との話に花を咲《さ》かせた後、皆が帰っていく背をフェリアは見送る。

フェリアの手には、リカッロから受け取った銀のブローチがあった。前女官長からの言《こと》伝《づて》も聞いている。

「リカッロ兄さん、王城用の薬用軟膏《なんこう》も頼んだわ！　ローラ姐さん、ちゃんと経歴書を準備してね！　サム、リカッロ兄さんのイビキはうるさいから！」

フェリアの見送る言葉のオチに、皆が笑う。当のリカッロも笑っていた。

皆が門扉を出ていってもなお、フェリアは消えた背を眺めていた。

「寂《さび》しいですか？」

ゾッドがフェリアに問う。

「いいえ、嬉しいわ」

フェリアは鞭を抱《だ》き締《し》めた。ルンルンと心弾《はず》む気持ちが全身から溢《あふ》れるような雰囲気《ふんいき》だ。

ゾッドが呆《あき》れる。

「フェリア様にホームシックはないのですね」

「そんなもの、マクロン様の妃《きさき》になると決心した時に、消化したわよ。『王妃《おうひ》』ってそういう立場ではないの？」

「そうですが……それでも普通《ふつう》は、帰りたい気持ちになるものではないのですか？　長く過ごしてきた場を離れるのですから。私も独り立ちした時、懐かしい場に帰りたくなりました」

フェリアは首を振る。

「私にとってカロディアは懐かしい場でなく……ずっと気を張っていなくちゃいけない苦しい場なの」

ゾッドの眉間《みけん》にしわが寄る。

「どういうことですか？」

「前に言ったことを覚えているかしら？　目の前の仲間を犠牲《ぎせい》にして、領を守らなければいけない時があったと話したことを」

「はい、覚えています」

「彼が……サムが、その仲間だった者よ」

ゾッドが絶句した。

「見捨てた者が、恨《うら》むことなく……あんなに穏やかに？」

「今ならわかるわ。サムは仲間じゃなかった。カロディアで唯一《ゆいいつ》の私の同志よ。カロディアを救うため、私はサムを魔獣の前に置き去りにしたわ。仲間だったら、絶対に命を投げ出して戦っていたと思う」

「フェリア様……」

ゾッドに返す言葉はなかった。

「この王城でもきっと同じね。私はたくさんの同志を犠牲にすると思うの。それが頂にある者の宿命。でもね、カロディアと違ってここには……マクロン様が居る」

フェリアは王城を見上げる。

「私のホームはマクロン様。同じ痛みや苦しみ、悔《くや》しさそして、慈《いつく》しみも全部をきっと共にする私のホーム。だから、ホームシックなんてないわ」

フェリアは清々《すがすが》しく響《ひび》かせた。

お側《そば》騎士らが目礼をした。

心を砕《くだ》かれる経験をフェリアもマクロンも幾度《いくど》もしてきた。

たくさんのものを犠牲にして、その痛みを乗《の》り越《こ》え、二人はここに存在している。

今、フェリアとマクロンが王城の頂にあるのは、まさしく二人の宿命なのだろうとお側騎士たちは思った。


その日の午後。

フェリアは十日ぶりにそのペレに会った。

「久しぶりね」

「はい？」

ペレが『はて？』と首を傾《かし》げる。

「十日ぶりじゃない」

フェリアの言葉に、ペレの表情が驚愕《きょうがく》に変わった。

「もしや、見分けがつくのですか？」

「え？　見分けって……ああ、三人のペレの？」

フェリアは周囲を確認《かくにん》して、ホッと息をつく。ペレの秘密を知る者しか周囲にはいない。

「最初にこの邸で私に挨拶《あいさつ》したペレは、以降見かけないわね。きっと、王城に詰めているのでしょ？　それで、妃選びを主導しているペレ。えっと、たぶんしきたりとか会議とか、婚姻《こんいん》準備担当よね。それで、あなたが王妃教育担当のペレ。31番邸担当になるのかしら？」

ペレが口を開けて固まっている。

「最初から……」

ペレの呟《つぶや》いた言葉に、フェリアは事もなげに頷く。

「それで、今日はなんの用事？」

ペレが大きく息を吐《は》き出した。

「フェリア様には毎度驚かされます。私の見分けができるのは王様ぐらいですぞ」

「そうなの？　でも貴人も」

「まさか！」

ペレが焦《あせ》って声を出す。

「ばれていません。胡散臭《うさんくさ》いから、気を許すなと忠告されたわね。人間の第六感よ。私も、魔獣と戦う時によくそれに助けられたから」

ペレが少し放心している。

「それと、女性の嗅覚《きゅうかく》かしら？」

フェリアはチロッと舌を出して笑った。

「参りました」

ペレが珍《めずら》しくへこんでいる。

「えっと、元気を出して？　それで、用事を訊きたいのだけど」

「ああ、はい。……前回王妃教育は終了《しゅうりょう》としましたが、一点だけフェリア様に覚悟《かくご》願いたいことがありまして」

フェリアは居住まいを正す。

「わかりました。本当に最後の講習ですね」

「そうなりましょう。この覚悟について、妃選びの長老方の中でも色々と議論がされまして、婚姻後に告げようと主張する者や、婚姻前だからこそだと主張する者、はたまた、言わずとも良いと考える者に意見が割れました」

ペレの表情が固い。きっと、言いづらいことなのだろう。

「けれど、婚姻前に告げることに決まったのね？」

「はい。ここだけの話ですが、私は言わずとも良いと意見しました。『その時』が来たら告げることにすれば良いのではと」

フェリアは少し考えてから声を出す。

「『その時』が来なければ、言わぬままでいられるから？」

「はい。これは、フェリア様に負担のかかることなのです」

ペレが、こうまで回りくどいのは、きっとフェリアにとって不利なことなのだ。

「……その覚悟について、先の王妃様はいつ受けたのです？」

ペレがまだ告げぬなら、フェリアも率直に訊くことはしない。同じように回りくどくそれに近づくしかない。

「婚姻前に伝えたそうです。王妃様だけでなく側室らにも」

フェリアはペレの言葉を待つがまだ口にしないようだ。もしくはしたくないのかもしれない。

フェリアは考えながら待った。

「もうわかっていらっしゃいますかな？」

ペレがそう言って、お茶を一口含《ふく》んだ。

フェリアも同じく含む。

ペレがフェリアを試《ため》すのは、すでにヒントを出しているからだ。フェリアはここ最近の出来事を頭に思《おも》い浮《う》かべる。

「貴人にドレスをいただきました。先の王妃様の形見だと」

言葉にしたことで、フェリアの脳内でパズルのピースが埋《う》まる。

妊娠《にんしん》を隠《かく》すドレス。王妃や側室が後宮に存在するわけ。

フェリアとペレの視線が交わった。

「貴人を後宮に招いたのはペレ、あなたですね」

「ご明察恐《おそ》れ入《い》ります」

フェリアはフッと笑んだ。

二人して、まだ明確な言葉にしない。

どんなことを告げられようと、それを聞く心の態勢を整える。フェリアはゆっくり頷いた。

それを確認し、ペレが少し間を置いてから語り始める。

「先王様の話を致《いた》しましょう。先王様にはご兄弟が居《お》りませんでした。王位を継承《けいしょう》する者がいなかったのです。その危機的状況は、この妃選びのしきたりが始まった頃に、背景は違えど似ておりました」

「……つまり、多くの妃を召《め》し、多くの子を望んでいたと？」

「はい。前回の妃選びでは最終まで十人ほど残っていたと記録されています」

実際は三人だけになった。そして、嫡男《ちゃくなん》マクロンが生まれる。皆が安堵《あんど》したことだろう。

「『その時』は着々とやってきました。嫡男マクロン様、第二側室から長姉《ちょうし》様、次女様、第一側室から三女様と王城に赤子の泣き声は響きましたが……王位継承者が増えません。王城内に焦りが広がっていきます」

ダナンでは王位は男子継承であるからだ。

「貴族は黙《だま》っていないでしょうね」

フェリアはその時の状況が手に取るようにわかる。フェリアも当初は貴族らの格好の標的だった。

「婚姻後七年が過ぎていました。当然、新たな妃をと水面下で動き出します。残り三年で『その時』になるのです」

ペレがフェリアを真《ま》っ直《す》ぐに見た。

ペレがここまで噛《か》み砕《くだ》いて説明したのだ、わからぬわけがない。拒《こば》めるわけもない。フェリアはもうわかっていた。『その時』の期日は十年なのだと。

ペレが、ゆっくり口を開く。

「『十年以内に、男児が二人以上生まれなければ、第二の妃選びを行う』、これが亡き王妃様と側室らに告げられたことです」

迫《せま》り来る『その時』を目前に、先の王妃も側室らも神経をすり減らしたに違いない。

「七年の時の経過は、権勢を少しずつ変えてくことになりますな。妃になりたい令嬢《れいじょう》、妃を出したい貴族が、王妃様や側室らの懐妊《かいにん》を望むはずもない。男児を産む可能性を潰《つぶ》そうと……」

最後まで言葉にせず、ペレがフェリアにバトンを渡《わた》す。

「後宮は戦場だったと貴人が言っていたわ」

後宮に留まらず、王城内が殺伐《さつばつ》としていたことだろう。表面では笑顔を浮かべながら、裏では毒牙《どくが》をむき出しにしていたに違いない。

夜会がほとんど開かれない今と違い、先の時代はきっと夜会も茶会も頻繁《ひんぱん》だっただろう。王妃らが狙《ねら》われやすい格好の場が多かった。

加えて、後宮にはたくさんの敵が入り込んでいたはずだ。敵の息のかかった女官や侍女《じじょ》、友人なども信用がおけない。

「自ら信用のおける者を増やしていく必要があったのね。だから貴人は多くの者の後《うし》ろ盾《だて》になったの？」

「はい。それしか方法がありませんでした。そして、王妃様は狙われる先頭にお立ちになりました。フェリア様……王妃様が、十年も次の懐妊がなかったわけではないのです」

フェリアは身震《みぶる》いした。その意味が冷水のごとく降りかかる。

「奪われた命もあるというの⁉」

いくら冷静になろうとするも、フェリアは悲鳴のような声になった。

「だから、あのドレスなのです。たった三人だけに許されたデザイン。他と同じでは、目立たず狙われてしまう。注目を浴びることは、多くの視線が集まることでもあります。狙われにくくなるのです」

フェリアは波打つ鼓動《こどう》を抑《おさ》えるように、胸に手を当てる。

「私一人の身なら、なんとでもなる。けれど……」

フェリア一人の身でなくなった時、一番幸せを味わえる時に、王妃という立場はその幸せだけに浸《ひた》っていられない。のほほんと、お腹《なか》を撫《な》でながら笑顔を振りまけないのだ。

フェリアの顔は青くなる。

「……覚悟はできますか？」

ペレが深く重い声で告げた。

「王様は、フェリア様だけしか妃を望みませんでした」

「そうね。つまり同じ覚悟をせよということね」

フェリアはドレスをギュッと掴《つか》んだ。

カッと目を見開く。


「お断りよ!!」


フェリアは威勢良く言い放った。

「フェリア様……」

ペレが思いもしないフェリアの返答に驚いている。

「私に妃という型を今さら望むの、ペレ？」

青白かった顔色が少しずつ復活していく。

「長老会議に差《さ》し戻《もど》しを命じます」

「えっ、今なんとおっしゃいましたかな？」

フェリアはフンと鼻で笑った。

「耳が遠くなったの、ペレ。まあいいわ。もう一度言うわね。長老会議に差し戻しなさい。私はそんな覚悟はしないって」

ペレの顔が険しくなる。

「それは、このダナンを蔑《ないがし》ろにする発言ですぞ。王妃にあるまじき発言ですな。歴代の妃らが脈々と、それこそ命をかけてまで守ってきた血脈をなんと軽くお考えか」

今度はペレがフンと鼻息荒《あら》く返した。

「宿った命が狙われる覚悟をするくらいなら、絶対に手出しできぬよう女性騎士を育てる覚悟を選ぶわ。宿らぬ命の無情さに、代わりを求めるのは、私の役割じゃない。その選択《せんたく》は、貴族でも長老でも、ましてや王妃にはない！　王が求めぬものを私は求めない！」

フェリアの言葉が、ガツンとペレに当たる。

「私が覚悟するのは、私にとってその非情な言葉を『王』が発した時だけです。頂である王の責をもって『他の妃を召す』とマクロン様が言うまで、私は決して覚悟などしません」

ペレが反論する隙《すき》をフェリアは与《あた》えない。いや、ペレには反論できない内容だった。

「私も、ペレの意見に賛成よ。『その時』が来るまで必要ありません。皆の『その時』と私の思う『その時』は違いますが」

フェリアは言い終わると、ペレを凝視する。何か、反論がありますか？　そう言うように。

「お覚悟、しかと胸に刻みます」

ペレが膝を折った。

「参りました」

ペレが呟く。

「本当は、貴人が私に告げる予定だったのでなくて？」

「はい。ですが、ソフィア貴人様には他にすることがあったようですな」

フェリアは『そうね』と答え、遠くカロディアを思う。


妃選び十カ月目に入った翌日のことであった。

6 真相

マクロンは、ソフィアをつけていた騎士《きし》からの報告を受ける。

ベルボルト領に寄ってから、カロディア領に向かい、ホクホク顔のブッチーニ侯爵《こうしやく》と一緒《いつしよ》に王都に戻《もど》ってきたそうだ。

まだ、王城にソフィアは戻っていない。

今日はブッチーニ侯爵の屋敷《やしき》に世話になるようだ。

「何か得た情報はあるか？」

「酒場で飲んでいた者から得た情報ですが、養子息様は体が弱く屋敷からほとんど出ないようです。三年前あたりからさらに顔中に吹《ふ》き出物《でもの》ができて、最近ではずっと仮面を被《かぶ》って生活しているそうです。『カロディアに薬を頼《たの》みに行くらしい』と、屋敷に野菜を納品している者が言っていました」

マクロンは顎《あご》を擦《さす》る。

騎士はさらに、その三年前からソフィアが養子息のため、薬を求める外出をしているとつけ加えた。

本当は『ノア』が欲《ほ》しいはずだ。それを隠《かく》す口実に吹き出物の話を広め、仮面を被っているのだろう。三年前といえば、前カロディア領主の死で薬が得られなくなった時期と重なる。

「内情を探《さぐ》りたかったのですが、翌日にはカロディア領へ出発したため、詳《くわ》しくは調べられませんでした」

「いや、十分だ。カロディア領ではどうだ?」

マクロンの問いに、騎士が懐《ふところ》から文を取り出した。

「こちらを、ガロン様からお預かりしました」

マクロンはその文を受け取る。

「気づかれてはいまいな?」

「はい。一行がカロディア領を出てから、領主の屋敷に行きましたので」

そうしても、単騎《たんき》なら馬車の一行には追いつけるのだ。

「よし、下がっていい」

騎士が出ていく。

マクロンはビンズと顔を見合わせた。

「そっちの方はどうだ?」

ソフィアを探るように命じてから十日ほど経《た》っている。

十日ほどといっても、三、四日王城でフェリアにちょっかいを出した後はソフィアが出かけてしまったので、探りようがない。

ビンズがさほど大した情報はないと前置きした。

「王城に入って間もない頃《ころ》、先の王妃《おうひ》様の形見を備品倉庫に持っていったようです。それと、縁《えん》のある女官や侍女《じじょ》に王城から退いた者の居場所を訊《き》いていたと」

マクロンは顎を擦る。

「やはり、目的は縁談だけではないな。それに、『ノア』だけでもなさそうだ」

マクロンは、フェリアから得た情報をビンズに話す。

次第《しだい》にビンズが不機嫌《ふきげん》になっていく。

「どのように、フェリア様から情報を得たかは、あえて追及《ついきゅう》しませんが！」

ブツブツ言って、気を静めているようだ。それをあえてマクロンに見せているのだろう。

フェリアとの橋渡《はしわた》しの役割がセオに移ってから、ビンズがフェリアと会することは少なくなった。

その代わりに、騎士試験の準備で大わらわである。

今回の試験を担《にな》っているのは第四隊と、ビンズ率いる第二隊である。

11番邸《てい》のフェリアとの会合にビンズはいなかった。忙《いそが》しいだけでなく、元々ビンズの役割はマクロンの手足となる第二隊を率いることにある。近衛《このえ》のように、マクロンの傍《そば》にずっと居ることはできない。

「女性騎士の試験内容も、フェリア様の提案が通りました！　どのように話し合ったか追及しませんが！」

マクロンは視線を逸《そ》らし口笛を吹《ふ》く真似《まね》で知らんふりした。

「失礼します！」

そこに第四隊隊長が入ってきた。

「王様、女性騎士試験の下見に向かいます。いやあ、流石《さすが》次期王妃様、妙案《みようあん》ですな。顔合わせを楽しみにしております」

ガッハッハッハと笑う第四隊隊長が、ビンズをむんずと摑《つか》む。

「さあ、行きますぞ！」

「ちょ、ちょっと……」

ビンズが抵抗《ていこう》するが、マクロンは追い打ちをかける。

「頼んだぞ、二人とも」

ビンズが恨《うら》めしげにマクロンを睨《にら》む。

マクロンは手を振《ふ》って、二人を見送った。

ビンズらが下がったのを確認《かくにん》して、マクロンはガロンの文を開いた。

＊＊＊

『亡《な》き王妃様の死の真相』を、ソフィア貴人様が追っているようです。準備でき次第、前女官長サリーと共に王都に向かいます。

ガロン

＊＊＊

あまりの衝撃《しょうげき》に、マクロンは文を強く握《にぎ》りしめていた。

脳内にあの日が蘇《よみがえ》る。

「死の真相だと……」

母にすがりつく父の姿、力を失って落ちる母の腕《うで》、ソフィアの嗚咽《おえつ》、ザーッと降り出す雨の音、バタバタと走る女官の足音、ベッドの脇《わき》に滲《にじ》み出た血、転がった銀食器、侍女の悲鳴……

記憶《きおく》がマクロンを襲《おそ》う。

よろけたマクロンは、そのまま玉座に体を沈《しず》めた。

「王様！」

近衛が異変に気づき、駆《か》け寄《よ》る。

「大事ない、少し疲《つか》れただけだ」

そうは答えたが、近衛が対処しないわけがない。

マクロンはフッとフェリアの顔を思《おも》い浮《う》かべた。

「フェリアの茶が飲みたい……」

その呟《つぶや》きに、近衛が『お任せを』と反応する。

31番邸に初めて行った時と同じ近衛であったことが幸いした。

「揺《ゆ》り椅《い》子《す》もお持ち致《いた》しましょうか？」

「いや、欲しいのはフェリアだ」

「はい、かしこまりました。すぐにお呼び致します」

近衛の一人が駆けていく。

うっすらと見ながら、マクロンの瞳《ひとみ》は光を遮《さえぎ》った。


王塔《とう》、寝室《しんしつ》。

フェリアは血の気のない顔色で眠《ねむ》るマクロンの傍《かたわ》らで、必死に書類と格闘《かくとう》していた。

「フェリア様、こちらもお願い致します」

　文官が、次々に書類を出してくる。

　マクロンの仕事を代行しているのだ。本来、まだ王妃でないフェリアに許されることではないが、緊急事態《きんきゅう》として王城内の管理書類だけ代わりに承認《しょうにん》している。

　それも、先日の試験のおかげで管理体制が決まり、フェリアでも承認できる書類があるためだ。

「今後、王城の管理書類は王妃に割り振っておいて」

　フェリアの言葉に文官が了承《りょうしょう》の意味を込《こ》めて深く頭を下げた。

「全部一人で背負いすぎだわ」

　フェリアは、マクロンの額に手を置く。

「……他にいなかったからな」

　意識が浮上《ふじょう》したのだろう。マクロンが目を開け、額に置いたフェリアの手首を掴んだ。

「寂《さび》しくはなかった？」

　ゆっくりと体を起こすマクロンの背に手を添《そ》える。

　フェリアはマクロンの横に腰《こし》かけた。

「どうだろうか？　寂しさはどこかに置き忘れてきたんだと思う」

　フェリアはマクロンに体を預ける。

「私も同じかも」

マクロンはフェリアの頭を撫《な》でた。

文官は退室し、近衛は離《はな》れている。

「少し二人だけになりたい」

マクロンが近衛に命じた。

「バルコニーに二名、扉《とびら》前に四名、左右の部屋に二名ずつです」

近衛が態勢を告げて部屋から出ていった。

「まだ、いるわ。私のお側《そば》騎士が四名も」

「ずいぶんな警護態勢だな」

フェリアはマクロンの胸に顔を埋《うず》める。

マクロンがフェリアを抱《だ》き締《し》めた。

「心配をかけてすまない」

「いいえ、謝《あやま》らないでください。ガロン兄さんの文のせいですね?」

「いや、置き忘れたものにけりをつける時が来たのだと思う。リカッロも同じことを言っていた。『母の死』のことで、幼い私には知らされなかったことがあるのだろう」

ガロンの文は、同じ内容でフェリアにも届けられていた。

「あれは、あの日のことは……」

「無理に言葉にしなくても構いませんわ。そのうち、溢《こぼ》れ落ちるように出てくるものです。

私もそうだったので」

　フェリアも両親の死をまざまざと直視した経験がある。真っ赤に染まった衣服に包まれた両親の姿と、濡《ぬ》れそぼったリカッロの焦燥《しょうそう》、感情をなくしたガロンの瞳、轟《とどろ》く雷《かみなり》と激しい雨、屋敷の騒々《そうぞう》しさ、全て記憶に残っていた。

　しかし、それを言葉にしようとすると詰《つ》まってしまう。言葉にすることは、何度も両親の死を経験することになるからだ。その心痛をフェリアは知っている。

　そして、乗《の》り越《こ》えていく過程も。

「マクロン様、昨日の王妃教育の話をしましょう。きっと、ペレはマクロン様に伝えていないはずです。そういう王妃教育だったのです。もちろん、私は断固拒否《きょひ》しましたけれど」

　フェリアはフフフと笑った。

　マクロンがフェリアの髪《かみ》で遊び出す。無意識にクルクルと指に巻きつけているようだ。

「断固拒否か。それで、どんな内容だったのだ？」

　フェリアは、少しずつ昨日のペレとの会話を話す。

『亡き王妃の想《おも》い』を幼いマクロンに言い聞かせるように。

　幼いマクロンでは気づかなかった過去を。

「……私はずるいので、言い切りました。王の責として、妃《きさき》を召《め》すと言うまで覚悟《かくご》などしないって。だって、そうやって今まで妃が犠牲《ぎせい》を払《はら》ってきたせいで奪《うば》われた命があるなら、そんなことは間違《まちが》っているから」

「そうか、そうだったのか……」

マクロンの中で、置き忘れた幼い自身と今の自分が融合《ゆうごう》していく。

頰《ほお》に流れる涙《なみだ》に気づき、マクロンが袖口《そでぐち》で拭《ぬぐ》おうとする。

フェリアは、その手をソッと留《とど》め、ハンカチを出してマクロンの頰を撫でるように拭《ふ》いた。

マクロンの濡れるまつ毛にも手を伸《の》ばす。

その手を引き、マクロンが荒々《あらあら》しくフェリアを抱き締めた。

「フェリア……」

苦しいほど切ない声色《こわいろ》と、震《ふる》えるまつ毛のしずくがフェリアの肌《はだ》を濡らす。

「怖《こわ》くはないか？」

「いいえ、全く」

「なぜ、そう言い切る」

「だって、私は犠牲になる気はサラサラないですから」

「だが、母と同じように狙《ねら》われるかもしれない」

マクロンの中で、母の死が再生されているのだろう。

フェリアは事もなげに答える。

「もう、何度か狙われて、蹴散《けち》らしたではないですか」

「しかし、また起こるかもしれない。私は守れるだろうか？」

「守ってもらうつもりなんてありません！　そういう覚悟だって最初から言いましたわ。マクロン様だっておっしゃったではないですか。『後宮の洗礼』など自身であしらえと」

「それとこれとはわけが違うだろう。私はフェリアを失えない。だから、だから……妃を辞退」

フェリアはマクロンから力一杯《ちからいっぱい》離れ、大きく振りかぶった。

バッチーン
マクロンの頬にくっきりと手形がつく。

「なんで悲劇にしようとするのです！　マクロン様はいつからヒロインになったのよ⁉」

マクロンはハッとする。

フェリアが唇《くちびる》を噛《か》み締《し》めている。

「私、昨日言いました。次に私の手を振り払ったら……私を拒《こば》んだら、平手打ちにすると。まだ、打たれます？　何度だって張《は》り倒《たお》してあげるから！」

マクロンは力なく『ハハッ』と笑って、目を閉じた。

「ああ、もう一発頼む」

情けない自身を張り倒してもらうのだ、フェリアに。

だが、いつまで経っても頬は痛まなかった。

目を開けると、フェリアがハンカチを握りしめて俯《うつむ》いていた。

「フェリア」

顔を上げたフェリアに、マクロンは息が詰まった。

泣いていないのに、泣いているのだ。涙もなければ、潤《うる》んだ瞳でもないのに、泣いているとわかった。その顔をマクロンは知っている。

鏡に映る自身の顔と似ていた。

「マクロン様、私からこの場を奪わないでください」

フェリアは笑《え》みを作った。

「なぜ、泣いている？」

マクロンは問うた。

「やっぱり、マクロン様にはわかってしまう。同じだから……」

フェリアの視線が、マクロンから窓へと移る。

「あの日のことを今でも思い出します」

「あの日のこと？」

フェリアが立ち上がり、窓辺へと移動した。

マクロンも続く。

二人で外を眺《なが》めた。

だが、フェリアの瞳に見えているのはあの日である。

「きっと、言葉にするのは最初で最後だわ」

マクロンは頷《うなず》いた。

フェリアの告白に耳を傾《かたむ》ける。


カロディアで起こった魔獣《まじゅう》の大暴走の日。

群れを成さない魔獣が、瞳を同じ赤色に染めていっせいに暴走することがある。生きている間に起こるか起こらない頻度《ひんど》の出来事だ。

それをたった十五歳《さい》で経験した。

それも、魔獣狩《が》りごっこをしていた安全な森の中で。

フェリアと七人の幼なじみたちは、森で練習中だった。カロディアでは、十五歳になると狩りの試験が行われ、合格すると薬草守りや魔獣狩りに参加できるのだ。

一週間後に迎《むか》えるその試験のため、フェリアたちは安全な場所で対戦遊びをしていた。

『なあ、試験って三人一組だよな』

フェリアを含《ふく》めて八人は、互《たが》いに顔を見合わせどうしようかと考える。

『俺《おれ》と嬢《じょう》が魔獣の役をするから、皆《みんな》は練習すればいい』

サムが言った。

『そうね。私とサムがこの中じゃあ一番強いもの』

フェリアは威勢《いせい》良く言い放つ。

『うわっ、むかつく』

そう言いながらも、皆笑っている。

『よっしゃ、じゃあ俺らが先に森にひそんでいるから。嬢、行こう』

フェリアとサムは森に入っていく。

森にひそんだ者に赤い実を投げつけて、三カ所印をつければ狩りの成功だ。実際の試験は、自身が扱《あつか》う武器に赤い実の汁《しる》をつけて、魔獣に印をつけていく。だが、練習では赤い実を投げつけるだけで武器は使わない。

『嬢は木の上な。俺は茂《しげ》みに隠れる』

『なんでサムが仕切るのよ。私が茂みで、サムが木の上ね』

『あのなあ、武器を考えろよ。嬢は鞭《むち》だろ。俺は槍《やり》だ。俺が木の上から槍を扱えるかよ？』

『魔獣の役なら武器なんて使わないし、赤い実を避《よ》けるだけでしょ。関係ないわ』

『いや、嬢は鞭を使って木と木の間を移動した方が、あいつらが追いつけずに苦戦するだろ？』

『そっか。じゃあ、サムの近くにひそむわ。上手《うま》く動いて、あいつらを慌《あわ》てさせるの』

二人でニッシッシと笑った。

この森が安全な理由は、魔草の群生地だからだ。

魔草は、魔獣が近づくと叫《さけ》び声《ごえ》を上げる。その声が魔獣の耳には不快で、場を離れてくれるのだ。

『グギャァアン』

その時、力ない小さな叫びをサムの耳が捉《とら》えた。

『嬢、魔草が叫んだ』

『本当に？』

『グギャァアン』

フェリアは周囲に意識を集中する。

フェリアの耳にも届いた。

『何か、森がおかしいわ』

魔草は大きく叫ぶものだ。それが弱々しいのがおかしい。

もし、魔獣が侵入《しんにゅう》したならもっと激しい叫びが聞こえるはずなのだ。群生地なのだから。

『グギャ』

『グギャ』

かすかな魔草の声が近づいてくる。

『グギ……』

『グ……』

ドドドドド

ドドドドド

『暴走……』

サムが呟く。

『嬢！　魔獣の大暴走だ。魔草が叫ぶ前に踏《ふ》みつけられている！』

『そんな!?』

フェリアはサムの元に着地する。

『すぐに知らせなきゃ』

フェリアもサムも走り出した。

『まだ、多くは群れていない。でもこの森を抜《ぬ》けてしまったら……』

二人とも青ざめる。

魔獣の棲《す》みかの森へと続いていくのだ。群れは大きくなり、最後は領を襲ってくるだろう。魔獣は薬草が好物なのだ。そして、その薬草で魔獣は落ち着きを取り戻す。それまで、暴走は続く。

『どうしよう、父も母も今は領を出ているわ』

『リカッロさんとガロンさんに、沈静草《ちんせい》をばらまいてもらうしかない』

二人して駆けている間にも、魔獣の足音は大きくなる。

『見つけた！』

まだ異変に気づいていない幼なじみたちがフェリアとサムの姿を見て言った。しかし、すぐに血相を変える。二人の背後に迫《せま》る赤い目の群れが見えたのだろう。

『魔獣の大暴走だ！』

サムが叫んだ。

『ここで食い止めるわよ！』

フェリアが檄《げき》を飛ばした。

すでに魔獣たちが十数体に増えている。

この場にいる八人で食い止めるしか、今は手段がない。

だが、勝てる見込みのない戦いになる。誰《だれ》か一人が知らせに行くための時間稼《じかんかせ》ぎだ。

援軍《えんぐん》と沈静草さえ揃《そろ》えば、魔獣を止められる。

だが、フェリアとサム以外は、戦意を失いガタガタと震え始めた。

『皆……』

足音が迫ってきたので、フェリアは振り返り鞭を振るう。

サムも大立ち回りをし、槍で迎《むか》え撃《う》った。

フェリアは全身泥《どろ》だらけになりながら、魔獣の足を鞭で搦《から》め捕《と》り、横転させていく。

『とどめを！』

何度も叫んだ。鞭ではとどめをさせない。一対一の狩りなら、鞭で拘束《こうそく》できるが群れを成した魔獣と戦うには鞭は不利なのだ。

幾度《いくど》もとどめの機会を失いながらも叫ぶ。

するとやっと、幼なじみたちが加勢し始める。

『すまねえ、ちょっと見学しちまった』

泣き顔の減らず口が増えていき、次第に連携《れんけい》が取れていった。

フェリアはサムと頷き合う。

『知らせに行くわ！』

その時だ。魔獣が大きく口を開けて、サムに襲いかかった。

『サム！』

サムの左足に魔獣の牙《きば》が食い込んだ。

『行けぇえ』

サムが絶叫《ぜっきょう》する。

それはフェリアにしか判断できない声だった。
きっと、皆は『痛《いて》ぇえ』に聞こえていたはずだ。
そんな状況《じょうきょう》だった。普通《ふつう》なら噛まれれば痛いと叫ぶものだから。
フェリアは、皆を……サムを置き去りにして背を向けた。
もう猶予《ゆうよ》はないと判断した。
『サムを見捨てるのか、裏切り者！』
フェリアの背に、罵声《ばせい》が届く。
『後退しなさい！』
それは命令だった。領主の娘《むすめ》としての責を自覚した言葉。
サムがやられたなら、あそこで防衛戦はできない。全滅《ぜんめつ》を待つだけの時間になる。
早く、早く、知らせなきゃと気ばかり焦《あせ》る。
鞭を最大限に振るって、木々に絡ませ大きく移動していく。
『ガロン兄さん！』
森を抜けるとガロン率いる薬草守りのメンバーと出くわした。
『なんだぁ？』
フェリアの血相にガロンが怪訝《けげん》そうに見てくる。
『魔獣の大暴走が起こったわ！』

『大兄さんに知らせて、沈静草を運べ！』

ガロンたちが森に駆けていった。


サムが血だらけで運ばれてくる。

幼なじみたちも森から出てくる。

ガロンが、サムの足を止血している。

『サム……』

フェリアが近づくと、幼なじみたちが壁《かべ》を作った。

『……』

ただ睨まれた。

フェリアはグッと堪《こら》えた。何を堪えたのかわからないが、堪えてみせた。

『フェリア、森の後始末をしてこいなぁ。俺は怪我人《けがにん》を診《み》るから。大兄さんは責任者だから、領主の屋敷から動けないしさぁ』

ガロンが言った。

フェリアの背後にローラの魔獣狩り隊が並んだ。

『嬢、あんたのおかげでカロディアが助かったさね』

フェリアは胸を張った。

俯けば、サムが許さぬとわかっていたから、堪えて笑みを作った。

他の動植物には毒になる沈静草を回収し、魔獣の血も、人の血も清浄《せいじょう》し森を元に戻していく。

フェリアは最後まで堪えた。

そして、もう『仲間は持たぬ』と決心した。


マクロンは、フェリアをソッと後ろから抱き締めた。

「そうだな……我々は仲間を持たぬ。ああ、そうだ。ヒロインになんてなれないんだったな」

「マクロン様なら、ヒーローの方でしょ」

フェリアがすかさず突っ込《つっこ》んだ。

「主人公に憧《あこが》れたことはあったか？　……サムを助けたかったのではないか？」

「助けたわ。ちゃんと生きているもの」

「いや、問いを間違えた。サムの手を取りたかったのではないか？　彼《かれ》と共にありたかったのではないか？」

「……サムに駆け寄って？」

「ああ、それこそ素晴《すば》らしい物語のような場面だろ？」

「その素敵《すてき》なことのために、カロディアを全滅させちゃうのね。笑っちゃう……ううん、泣けちゃうかしら？」

マクロンとフェリアは同じ顔で笑った。二人にしかわからぬ泣き顔だ。

「物語なら、窮地《きゅうち》を簡単に好転できるのにね」

「ああ、反吐《へど》が出る」

フェリアがクスクス笑った。

マクロンは、フェリアの耳元で告げる。

「もう大丈夫《だいじょうぶ》だ」

「……おかしいわ」

フェリアが呟く。

「何が？」

マクロンは、フェリアの体を回転させて瞳を見た。

「だって、ほら……そろそろ登場してもいいはずだもの」

マクロンはクッと笑った。こういう場面でいつも登場する人物のことをフェリアは言っているのだろう。

「ああ、奴《やつ》は女性騎士試験の下見に出かけたからな」

マクロンは『だから、あと少しだけ』とフェリアに甘《あま》えたのだった。

翌日、ソフィアの登城がマクロンに知らされる。

執務殿《しつむでん》の客間にこもったままだという。

面会の申請《しんせい》は出ていない。やはり、ガロンたちを待つようだ。

「それと、ガロン様からもご連絡《れんらく》が」

ビンズが早馬の到着《とうちゃく》を告げる。

「三日後、王都に着くそうです」

「日にちも調整が必要だな」

予定管理の役人が、予定表をマクロンに差し出した。

マクロンは、三日後の午後の予定を全て変更《へんこう》して、ガロンらの到着を待つことにした。

それまでに、確認することがある。


執務殿の一階、角の大部屋の備品倉庫にマクロンは向かった。

「王様、どうされましたか？」

備品を管理している役人が、分厚い書類を持って声をかけてくる。

その後ろで、女性文官が棚《たな》を捜索《そうさく》しているようだ。

「そっちこそ、何をやっている？」

「ペレ様から指示されまして、婚姻《こんいん》式に使用する道具を確認しております」

マクロンは、少しだけ心が温まった。笑みが顔に出ていたのだろう、役人が『喜ばしいことです』と頭を下げた。

マクロンは、咳払《せきばら》いしてから役人に問う。

「貴人が、母の形見の品を収めたと聞いた。どこにある？」

「あの、奥《おく》でいいですか？」

役人が小声で奥の方を示した。

「あ、ああ。構わない」

マクロンは、役人の後に続く。

備品倉庫は、見た目は整然としているが、初めての者にとっては迷路《めいろ》のような場だ。

奥へ奥へと進み、何度か曲がり、また奥に進む。

すでに、人の気配がない通路を役人が進んでいく。

「この辺りなら、もう人目もないと思うが？」

マクロンはそう声をかけた。

「いえ、まだ奥ですから」

役人が突き当たりの壁まで進んでいく。

「この壁、だまし絵なのです」

マクロンは、目を凝《こ》らす。

倉庫なので暗くてよくわからない。

だが、役人が手慣れたように壁を右にスライドさせた。

「引き戸か」

「はい。この奥で管理されております」

二重扉になっていて、役人がまた扉を引く。

「ハンス。いるかい？」

マクロンは内心舌打ちした。

「はい、おります」

変装したハンス姿のペレがのっそり歩いてくる。

「この者が、ここの管理をしております。歴代の王様や王妃様の私物と申しましょうか、そういった類いの物……『厳重に保管せよ』と命じられた物などの保管場所です」

保管を命じられる物品など、曰《いわ》くつき間違いなしだ。

マクロンは、この隠し部屋のことを知らなかった。本来なら、王城のことで王が知らぬことなどあってはならないが、王城内の建物全てを網羅《もうら》することなどできない。それこそ、備品一つ一つまで王は管理などできない。

だが、隠し部屋となると別だ。

「この部屋のことをなぜ我は知らぬのだろうな？」

マクロンは、役人の向こうに猫背《ねこぜ》で立っているハンスことペレに言う。

「も、申し訳ありません！　備品管理は閑職《かんしょく》とされる部署で、少しならいいかと魔が差すのか、手癖《てくせ》が悪いのか、鬱憤《うっぷん》晴らしに備品をくすねる者が……」

ペレでなく、役人が慌てて釈明《しゃくめい》する。

「それで、こんな仕様に変更したと？」

マクロンの問いに役人もペレも頭を下げた。

「まあ、わかった。後は、ハンスに訊く。仕事に戻ってくれ」

役人が部屋を出ていく。

「近衛は扉前で待て」

これで、部屋の中にはマクロンとペレだけになった。

「それで、どういうことだ？」

マクロンは不機嫌に言った。

「ばれましたか。フォフォフォフォ」

ペレが朗《ほが》らかに笑う。

「お前、ここで何をやっている？」

「備品の整理ですぞ。備品管理、X倉庫番という肩書《かたが》きですからな」

ペレがハタキを持ってパタパタと棚をはたく。

マクロンは呆《あき》れながら、近くの椅子に座《すわ》った。

「それは、五代前の王の足乗せ椅子です」

マクロンはサッと立ち上がり、尻《しり》をパンパンと払った。

ペレがまたフォフォフォと笑う。

「どれも歴代の王様や王妃様の私物です。宝物庫行きにもならず、王妃塔倉庫にも置けない物がここに集まります」

「それと、曰くつきの物だろ？」

「そうですな。一例を上げますと……ほんの数十年前には、ここに幼き王子が初めて採ったものだからと、蝉《せみ》の抜《ぬ》け殻《がら》を保管せよと先王様がまあ……親馬鹿《おやばか》、失礼。ゴッホン、あれです、あれです」

ペレが棚にある小箱を取り、驚《おどろ》いているマクロンの手に乗せた。

マクロンは初めて採った蝉の抜け殻を父に自慢《じまん》したことを思い出した。

「あれを？」

「はい、あれをです。そんな想《おも》い出《で》の品がほとんどです」

マクロンは、箱を開けずに元の場所に戻した。開けてしまったら、朽《く》ち果《は》てそうで、色《いろ》褪《あ》せそうで怖かった。このまま、父の想いが詰まったままの箱で存在してもらいたかった。

「貴人はここに何を収めた？」

ペレがおもむろに蝉の小箱の棚に手を伸ばす。手にしたのは、一冊のノートだ。

「先の王妃様は、フェリア様と同じように、ご自身で料理することがありました。理由は、まあこれもまた親馬鹿でございましょうな。王様の口に入るものをご自身で作ってみたいと。おままごとのように始められたのです」

マクロンは、母がよく作ってくれた肉包みを思い出した。

「そのレシピを記したノートですぞ」

マクロンはノートを手に取り捲《めく》る。

『白湯《さゆ》の作り方』

『パンのヒタヒタ煮《に》』

『野菜のトロトロ煮』

最初のページのレシピに、マクロンは首を傾《かし》げる。食べた記憶がない。

「フォフォフォ、それは乳児食ですな」

ペレがノートを覗《のぞ》き込《こ》む。

「ソフィア様曰く、賜《たまわ》ったドレスや宝飾品《ほうしょく》に紛《まぎ》れていたそうです」

マクロンは、ペラペラと捲っていく。

『肉包み』

「よく食べたな」

マクロンはノートを閉じて、ペレに返した。

「また、一緒に並べておいてくれ」

ペレが、蝉の小箱の横にノートを置く。

マクロンは部屋を見回す。

「辛《つら》い想い出の品もあるだろ？」

ペレが奥のテーブルに出している箱を持った。今度の箱は大きい。

「今朝もこれを手入れしておりました」

箱が開けられる。

「ああ、これだ。この銀食器だ」

マクロンは懐《なつ》かしさに手を伸ばす。母が愛用していた銀食器である。肉包みもこれで食べたのだ。

だが、伸びかけた手はペレの言葉で止まる。

「これは、先日エミリオ様復籍《ふくせき》と一緒にゲーテ公爵《こうしやく》家から戻ったものです」

マクロンは手を戻した。

「……つまり、この銀食器は本物ということか」

マクロンの口から溢れた言葉に、ペレの顔が厳しく変化する。

「どういうことですかな？」

マクロンは、ただ無言で頷く。

あの日のことは……十歳のあの日のことは、口にしたことはない。

「私は、これの偽物《にせもの》を見た」

床《ゆか》に転がったきらめく銀食器。王妃の愛用品だから、誰もその存在に疑問を持たなかった。

「貴人がカロディアに向かった理由は、前女官長サリーを捜《さが》すためだろう」

「……『ノア』の交渉《こうしょう》ではなくですか？」

ペレの表情はさらに怖く険しくなっている。

「ペレ、私は置き忘れたものを取りに行く。母の想いをな」

マクロンはそれ以上を口にしなかった。

ペレが渋《しぶ》い顔になる。詳しく聞かなければいけないが、マクロンが何も言わないと気づいているのだ。

「いつ、忘れ物を取りに行かれるのですかな？」

「ガロンが前女官長サリーを連れてくる」

「ああ、あの者は確かに先の王妃様づきの侍女でしたな。それも忠実な」

「お前も、忠実な父の右腕だっただろう」

ペレが目を伏《ふ》せる。

「ええそうです。単なる右腕……大局を見られぬ愚《おろ》か者《もの》でした」

その返答は懺悔《ざんげ》のようだった。

「皆が少しずつ何かを隠している。いや、口にしていない。皆の点を繋《つな》げれば、きっと線になろう。その鍵《かぎ》はお前と貴人ではないのか？」

ペレが目礼し、銀食器の箱の蓋《ふた》を閉める。

「ペレ、三日後だ。三日後にガロンらは王都に着く。他の誰でもないお前が顔を出せ」

マクロンはそう言い残し、倉庫を後にした。


フェリアは、バネッサとケイトを引き連れ、王妃塔の地下倉庫に入った。

「フェリア様、こちらにはどのようなご用で？」

バネッサがフェリアに問うた。

フェリアはエプロンのポケットから小袋《こぶくろ》を取り出す。

「これを保管するのよ」

「それはなんでございましょう？」

「種よ」

フェリアは、倉庫の奥へと進んだ。

そこに、小さな引き出しだらけの大きな箪笥《たんす》が新たに設置されていた。

「薬を保管する専用のものだけど、種を保管しようと思ってね」

フェリアは鍵つきの引き出しを開ける。そこに小袋をしまった。

「大事な種はここに保管するわ」

フェリアはポケットに鍵を入れる。

「さあ、戻りましょう」

フェリアはバネッサとケイトと一緒に後宮に戻った。

途中《とちゅう》、11番邸に寄る。

庭園を整地して、開墾《かいこん》と乾燥《かんそう》庫を建設中の邸《やしき》である。

「サブリナ！　ミミリー！」

フェリアは二人を呼んだ。

「お茶にしましょう！」

相変わらず、二人は言い合いながら歩いてくる。

「リーア姉様の方が親しみがあるわよ」

ミミリーの声だ。

「いいえ、フィーお姉様の方が特別な感じだわ」

こちらはサブリナだ。

「何を二人で言い合っているのかしらね？」

フェリアは、二人がティーテーブルに来るまで待った。

「ねえ、どっちがいいの⁉」

「ねえ、どっちになさるの⁉」

ミミリーとサブリナが同時に言った。

「何が？」

フェリアはキョトンとする。

「『呼び名よ！』」

これも、同時に言われた。

フェリアは、二人の背後のネルに視線で問う。

「あ……フェリア様の呼び名でもめております」

フェリアは、二人を見た。

真剣《しんけん》な顔で、フェリアを見ている。

「で、どっちがいいかしら？」

ミミリーが少し頰を染めて言う。

「そうよ、どっちで呼ばれたいのよ？」

サブリナがツンとしながらもチラチラとフェリアを見ている。

フェリアは、可笑《おか》しくて笑い出す。

「アーハッハッハ、まさか姐《ねえ》さん呼びされるようになるとはね」

「違うわよ!! 姐さんでなく、お姉様だって」

ミミリーが頰をふくらませた。

「そうよ！　お姉様呼びこそ、貴族の嗜《たしな》みなの」

サブリナが両手を組んで言った。

フェリアはケイトを伺《うかが》う。フェリアは貴族の嗜みに疎《うと》いからだ。

「お姉様呼びは、親しみや特別な存在であることを周囲に知らしめられます。お二方に、フェリア様が『お姉様』呼びを許した……つまり、寵愛《ちょうあい》の対象であると」

サブリナとミミリーがウンウンと頷いている。

「えぇっ、寵愛!?」

フェリアは思わず、頰が引きつった。

そして、二人のギラギラした瞳に圧倒《あっとう》される。

是《ぜ》以外の返答を許さない雰囲気《ふんいき》だ。

「何か知らないけれど、背筋が寒いわ」

フェリアは、早々に11番邸を退散した。


暗闇《くらやみ》の中、小さな灯《あか》りが揺らぐ。

カチャン
引き出しが解錠《かいじょう》される。

躊躇《ちゅうちょ》しながら、その手は小袋に伸びた。

『少しだけ』

かすかな呟きを落とす。

女が小袋の中から種を少しだけ取り出して、ハンカチに包んだ。

施錠《せじょう》するとホッとしたのか、女の体が弛緩《しかん》する。

「それ、『ノア』ではないわよ」

女がビクンと反応したと同時に灯りがいくつか灯《とも》った。

「フェリア様……」

女が観念したように発した。

「鍵を返してちょうだい、バネッサ」

バネッサが項垂《うなだ》れた。

「申し訳ありません」

バネッサが震える手で鍵をフェリアに差し出した。

「お叱《しか》りなら、私が受けましょう」

フェリアは、振り返って声の主を見る。

「私が指示したことですからな」

ペレがフォフォフォと笑った。


場所は31番邸に移る。

「それで、ペレまで『ノア』が欲しい理由は？」

フェリアは薬草茶を飲みながら問うた。

「フォフォフォ、欲しいのは私ではありません」

ペレものんびりとお茶を飲む。

「貴人とどんな取引を？」

フェリアの問いに、ペレが笑みを作る。いつもの笑い声はない。

「いいえ、取引材料に調達してみようかと思ったまでですぞ」

フェリアは、背後に控《ひか》えるケイトに指示を出す。

「持ってきて」

「……安易に差し出されますか？　あまり、いい判断とは思えませんな、次期王妃ともなろうお方が」

ペレにしてみれば、自身の策略の失敗よりも、簡単に『ノア』を差し出そうとするフェリアの情けを叱責《しっせき》しているのだ。味方である存在にも隙《すき》を見せるな、安易に希望を叶《かな》えるなともいうことだろう。

ソフィアの言葉を借りれば、気を許すなとなる。

「まあ、酷《ひど》い」

フェリアはクスクス笑った。

「一番手強《てごわ》い方がいらっしゃったのだから、おもてなしをしようと準備していたの」

ケイトが戻ってきた。

ガラスの器《うつわ》に盛られたクコの『丸薬』がテーブルに置かれた。

「……早とちりしたようですな」

ペレの表情は変わらない。作った笑みのままだ。

それでも、フェリアの言動に合格を出したのだろう。次の言葉でそれがわかる。

「見分けられるのは本当ですな」

目の前にいるペレは、最初の挨拶《あいさつ》以降フェリアに会っていない。

マクロンが備品倉庫で会ったペレである。

ソフィアと繋がりのあるペレとも言える。

「これも試験でしたか？」

フェリアは首を傾げた。

「間者を泳がし、尻尾《しっぽ》を掴む試験など、普通の王妃にするものではありませんな」

ペレが続いて『バネッサは回収する』と言った。

「私、普通の王妃でないと自覚していますわ。バネッサはこのままで結構よ。今回のことも私を守る態勢であると思っているのだけど、違うかしら？」

ペレが驚きを隠すように瞬《まばた》いた。

「私の周辺の者が、私を守るために誰かと繋がっている。決して、私を害するものではないと理解しています」

フェリアは、そこで一旦《いったん》言葉を止めた。そして、間を持って口を開く。

「幼いマクロン様も、そうやって守っていらしたのでしょ？」

ペレが目礼する。そして、おもむろに膝《ひざ》をついた。

「今回の件、是非《ぜひ》お力添《ちからぞ》えを」

フェリアは頷く。

「ええ、了解《りょうかい》よ。後宮を提供するわ」

翌日、マクロンは婆《ばあ》やからフェリアのリボンを受け取る。

『15番邸に集まりましょう』

マクロンは、執務殿のペレに伝言を出す。

前女官長サリーの登城は、ペレによって内密に行われるはずだ。もちろん、ソフィアにもそのことは伝えられるだろう。

集まる場所が後宮であるなら、騎士以外の目はほとんどない。

「あの日の真相を……」

マクロンは、心の中で十歳の自身の手を握る。

『明日は一緒に行こう』

マクロンはメソメソしている幼い自分に笑いかけた。


咲《さ》き誇《ほこ》る薔薇《ばら》が皆を出迎えた。

「さて、始めるか」

マクロンは、テーブルを囲む面々を見回した。

円卓《えんたく》に六人が座っている。マクロン、フェリア、ソフィア、ペレ、ガロン、サリーだ。

「ペレ、貴人、これでいいか？」

マクロンは、ことを始めた二人に訊く。

ソフィアは何も言わず、ペレに視線を送る。

「はい。このように大々的になろうとは思いもしませんでしたが」

ペレがそこで一息つく。

「では、ことの始まりを説明致しましょう。ご存じの通り、王様はフェリア様以外の妃を望みませんでした。このことが、今回の始まりになります」

それには、マクロンもフェリアも頷いた。

「ダナン国の王位は男子継承《けいしょう》です。狡猾《こうかつ》な貴族らの口を借りるならば、『妃が一人では心もとない』状況になりましょう。それは、この妃選びが始まった頃とも、先王様の時代とも同じ状況でした」

その発言には、ソフィアとサリーが頷いた。

「男児が生まれなかった場合、第二の妃選びが始まることを、フェリア様にお伝えする……そして、このことは王様に知らせない。そういう王妃教育が組まれたのです」

ペレの視線は、ソフィアに移った。

「そうぇ、それで私が呼ばれたのじゃ」

「ですが、ソフィア貴人様は、これに乗じて何やら動き出しまして、ことはこのように大きくなったのです」

「お主こそ、途中から何やら動いていたではないか。私だけではないぇ」

「動かざるを得なくなっただけですが」

ペレとソフィアが言い合う。

「待て、そこは構わん。話が進まなくなる」

マクロンは二人を止めた。

そして、フェリアがこれ見よがしに『ハァ』とため息をつく。

「面倒《めんどう》な説明は省きましょう。ズバリ訊けばいいのです！」

フェリアが『ね、マクロン様』と促《うなが》した。

「ああ、そうだな。母も側室も第二の妃選びのせいで狙われた。違うか？」

ペレとソフィア、サリーまで『そうです』と頷く。

「そして……奪われた命もあった」

マクロンはサリーに顔を向ける。

サリーが悔《くや》しそうに、そして悲しそうに、怒《いか》りをもって頷いた。

「王妃様は、一度御子を……その女のせいで！」

サリーがソフィアを睨みつけた。

「そうぇ、私のせいぇ」

ソフィアが認める。

マクロンは、はやる気持ちを抑《おさ》え、どういうことかとサリーに問うた。

「王妃様とそこの女が同時に懐妊《かいにん》したのです。そこの女は初めての懐妊でナーバスになっていました。心の平穏《へいおん》を保てない状態だったのです。王妃様を支えるべき側室でありながら!!」

サリーが興奮しながら続ける。

「だから、王妃様が自ら矢面《やおもて》に立つことになりました。女の妬《ねた》みを一身に受けたのです！心労と外圧で王妃様の御子が流れ、王妃様の陰《かげ》に隠れてビクビクしていた第一側室の子が生まれた！それも女児だった。王妃様の御子は……男児だったのに」

サリーが悔しそうにボロボロと涙を流す。

これが、サリーの『人殺し』発言の理由である。

「そうぇ、私が原因で……私のせいで……そうなってしまった。弱い私のせいで、王妃様が全て被ったのです……」

ソフィアが声を震わす。きっと、ソフィアもその当時に戻っているのだ。

王妃が子を産み、第二側室も続いた。ソフィアだけが子に恵《めぐ》まれず、苦しんでいた時の懐妊だった。

嬉《うれ》しさはひとしおだったろう。守りたい気持ちも強かったはずだ。折悪《おりあ》しく、第二の妃選びの話がチラホラと出始め、後宮での不穏《ふおん》な動きも活発になっていた。

頼《たよ》ったのはもちろん王妃。本来、反目し合う王妃と側室が手を取り合えたのは、第二の妃選びが目前に迫っていたからだ。その制度のおかげで、王妃も側室も一蓮托生《いちれんたくしょう》だったのだ。

その後、ソフィアは負い目を感じ、奮起した。後《うし》ろ盾《だて》を引き受け、王城内に仲間を増やしていった。

「……我にはもう一人弟がいたのだな」

マクロンはポツリと呟いた。

フェリアが、マクロンの手を握る。

「そこからですな、王妃様があのドレスをお召しになり始めたのは」

ペレが王妃の奮起も口にした。そこからが、後宮の争いの本番だったに違いない。

皆の沈黙《ちんもく》の後、マクロンは続けた。

「それがちょうどエミリオ出産の三年前になるのか？」

マクロンはペレに確認した。

「はい、そうなります。そして、二年と少し経ち、王妃様は懐妊致しました。狙われぬように懐妊を隠すドレスを着用し、口に入れる物は全て愛用の銀食器でしかお召しにならない徹底《てってい》ぶりでした」

ペレが箱をテーブルの上に出す。

マクロンが備品倉庫で見たものだ。

「これは、先の王妃様愛用の銀食器です」

ペレが蓋を開けて、銀食器のセットを皆に見せた。

「これは、エミリオ様の復籍時に、戻ってきたものです。ソフィア貴人様、私はこの銀食器のことをあなた様のお耳に入れました。そして、あなた様は二十年の時を経て、異変に気づいたのですな?」

ここからが本題だ。

ソフィアがここでサリーを見る。

サリーは、まだソフィアを睨んだままだ。

「サリー、訊きたいことがあるのじゃ。だから、お前を捜していたぇ」

サリーがそっぽを向く。

カロディアでも、サリーはソフィアといっさい話をしなかった。だから、この王城の場を借りることになったのだ。

「私の問いに答えたくないのは、十分承知じゃ。だが、どうしても訊かねばならない。そうしなければ、『死の真相』にたどり着けぬ」

「貴人、その質問は我がする。あの日、我を母の部屋に入れたであろう。我も同じ疑問を持ったのだ」

マクロンは、ソフィアに頷いてみせた。

ソフィアが首を横に振る。

「じゃが、王様はまだ幼かった」

「ああ、だが記憶している。きらめく銀食器が転がっていた。貴人もそれを目にしたのではないか？　銀食器がそこにあることは普通だった」

マクロンとソフィアの会話を聞いていたサリーが驚愕《きょうがく》の表情に変わっていく。

マクロンは、そこで問うた。

「サリー、確認したい。エミリオ出産時、母の銀食器はどこにあった？　我が母の部屋で見た銀食器は……偽物なのだ」

偽物だとわかったのは、本物の銀食器をずっと使用していたマクロンだからこそだ。

マクロンが言い終わるや否《いな》や、サリーが悲鳴のような声を上げる。

「命じられたのです！」

サリーが叫ぶように話し出す。

「王妃様は、生まれた赤子が男子だと知ると、すぐに『銀食器は赤子に』と命じられました。誰よりも命を狙われるからと……第二の妃選びを企《くわだ》てていた者らに狙われるからと。

私も含め、王妃様に仕えていた侍女全員を赤子の世話にとも命じられました。全身全霊《ぜんしんぜんれい》で、赤子を守るように厳命されたのです」

赤子とともに、王妃づきの侍女と銀食器が別の部屋に移った。

同じ部屋では、同時に狙われる可能性があるからだ。出産時に母子ともに死を迎える筋書きなど容易に想像できる。

赤子の周囲を信頼《しんらい》のおける者で固めた先の王妃の判断は賢明《けんめい》だった。

男子が生まれてしまっては、第二の妃選びは始まらない。

貴族らの魔の手は生まれた男子に向く。あの日、きっと王城では様々な暗躍があったに違いない。いや、攻防《こうぼう》が繰《く》り広《ひろ》げられたのだ。

「やはりな。本物はエミリオのところにあった。そして、母の部屋にあったのは偽物だ。その疑問を幼い我は口にできなかった。それが、母の死と繋がるなど思いもしなかったのだから。『なぜ、いつもと違う銀食器が転がっているのだろう』程度にしか感じなかった」

点がいくつも姿を現す。だが、まだ線には至らない。

「犯人は、偽物の銀食器を運んだ者？」

フェリアが呟く。口ぶりがハッキリしないのは、犯人と呼ぶことに対してだ。

マクロンは、フェリアの手を握り返した。

「フェリア、銀食器はきらめいていた」

毒に反応する銀食器がきらめいていたなら、毒はそこになかったことになる。

マクロンもフェリアも、それを理解している。だから、問題なのだ。なぜ、偽物があったのか。なんの目的で置かれたのか。誰が置いたのか。

「その銀食器って、使われていたのですか？」

そこで、初めてガロンが声を出す。

マクロンは記憶を探る。

ソフィアも考え込んだ。

「例えば、床とかテーブルとか、うーん、ベッドが濡れていたとか、食べ物が溢れていたとかは？」

ガロンが確認した。

「我の記憶には、食べ物はない。銀食器は絨毯《じゅうたん》の上に転がっていたな。濡れていたかもしれないが覚えていない。ただ……ベッドから染《し》み出《で》た血は目にした。母は、出血が止まらず亡くなったはずなのだ」

マクロンは確認するようにペレに向いた。

「はい。死因は毒ではありません。一旦止まった産後の出血が、時間差で発生し容態が悪化したのです」

そこでまた無言の時間が過ぎる。

点は揃ったが、どう繋ぐか皆がわからない状態なのだ。

「まだ、口にしていないことはあるか？」

マクロンは、皆を見回した。

ペレが重い口を開く。

「……『王城から突如《とつじょ》いなくなった者は石台行き』という噂《うわさ》がたったのは、先の王妃様がお亡くなりになった後からです。真相はきっと先王様しか知り得ません」

ペレが深く頭を下げた。

「偽物の銀食器を運んだ者は、石台行きになったということか？」

マクロンは苦々しく口にする。

そこでソフィアも重い口を開いた。

「ベルボルト領の特産品は、銀製品じゃ」

それは衝撃的な発言だった。

「待て、どういうことだ？」

マクロンはペレとソフィアを交互《こうご》に見た。

「先王様は、内密に処理したのだと思います」

ペレが言った。

「私がベルボルト領に下賜《かし》された理由は、親友がいるからではない。先王様たっての命令じゃ」

ソフィアも続けて言った。

「二人は、答えにたどり着いているのか!?」

マクロンは重く圧のある声を出す。

それにいち早く反応したのは、ガロンだった。

「止まっていた血が、再度出血したのは安静にしていなかったから。ぼんやりした視界に銀食器を見たら、先の王妃様はどうするでしょうね？」

ガロンが、『推測でしかないですけれど』とつけ加えた。

「私なら、銀食器を赤子のところに運ぼうとするわ。だって、守りたいから。全身全霊で守りたいから。自分を守る全てを赤子に授《さず》けようとするわ！」

フェリアがガロンの問いに答える。そして、ソフィアを見ながら言う。

「その気持ちを、貴人がわからないわけがないわよね」

ソフィアがポロリと涙を流した。

「推測でしかないことを口にはできない。だから、ペレも貴人も口を噤《つぐ》んでいるのではなくて？」

フェリアの問いに、ソフィアが項垂れる。

「偽物の銀食器はどこにあるの？」

フェリアがソフィアを追及する。

「そうじゃ、私が知っている。なぜなら、先王様は、私を下賜する時に、今は亡き前ベルボルト伯《はく》に手土産《てみやげ》と称して『銀食器』を贈《おく》ったのじゃから。だから、ペレから『銀食器』のことを聞き、愕然《しょう》としたぇ」

ソフィアが、持参した荷物をテーブルに置く。

ペレが置いた箱と同じ大きさだった。

「これを取りにベルボルト領に戻ったのじゃ」

ソフィアが荷物を解く。

同じ箱の蓋がゆっくり開いた。

「毒ね」

フェリアが言った。

銀食器セットの銀杯《ぎんぱい》が黒くなっていた。

「どういうことだ⁉」

マクロンは目を見開いた。

マクロンが偽物を見た時は、どの銀食器もきらめいていたのだ。

「今だから、わかるぇ。これが、私をベルボルト領に下賜した理由……前ベルボルト伯は先王様から『毒杯』を賜ったのじゃ。先の王妃様の二番目の御子を犠牲にした私への罰《ばつ》も兼《か》ねて……使者にした。死を遣《つか》わす使者にな。何も知らず、私は前ベルボルト伯に言ったのじゃ。『祝杯代わりに使え』と王様がおっしゃったと」

ソフィアが顔を崩《くず》す。

先王は、ソフィアを毒杯の使者に仕立てたのだ。

「下賜から、日に日に前ベルボルト伯はやつれていった。三カ月後、王様に命じられた通り『祝杯』をあげたのじゃ。夫婦《ふうふ》ともに寝室で亡くなっておった。私が殺したようなものじゃ……そして、今の今までそれに気づいていなかったのじゃ。先王様は、私を人殺しに仕立てた。自覚なき殺人者の出来上がりぇ」

ソフィアが『ずっと自死だと思っておった』と声を震わす。

当時、ベルボルト領では銀食器の取引が激減したので、それが原因の自死だと思われた。取引の激減は、きっと先王が裏から手を回したのだろう。それも今だからわかることだった。

その後、ベルボルト領はソフィアの親友であった伯爵《はくしやく》の娘夫婦が引《ひ》き継《つ》いだ。表向きは病死で処理したのだという。自死など公表できないからだ。

点は全て明らかになった。

もう真相は推《お》しはかることでしかわからないだろう。

マクロンはゆっくり口にしていく。

「安静にしていた母の寝室に銀食器が運ばれた。母はぼんやりとした視界の中で、赤子に授けたはずの銀食器を見る。それを運ぼうと体を無理に動かし容態が悪化して亡くなった。本物はエミリオの元にあり、偽物は父が手にする。銀食器を運んだ者は父によって石台行きになった。最後に、貴人から前ベルボルト伯に偽物の銀食器が毒杯として下る。黒幕は前ベルボルト伯だったのであろう。父上はそれをお一人で解明し……罰を下していった」

マクロンはここでひと息つく。

「そして、母の死から約二十年後。妃選びとエミリオの復籍により、皆の中で眠っていた点が姿を現した。皆が父の駒《こま》だったのだ。駒は、今全部揃った。だが、駒を動かしていた者はいない」

真相が確実に語られることはないだろう。

マクロンは、最後の難題を口にする。

「謎《なぞ》は、偽物の銀食器を運んだ理由だ」

毒を運ぶならまだしも、銀食器を部屋に運んで何をしようとしていたのか。

先の王妃が出産後健全であったなら、死を招くようなことにはならなかっただろう。

「たぶんでいいのなら」

ガロンがまた口を開く。

マクロンは頷いて促した。

「薬ってある意味毒なんです。強すぎる薬は幼い命には毒になります。例えば、下剤《げざい》なんてどうでしょう？　それとも止血薬とか。なんだっていいのです。生まれたばかりの命には危険な薬なら。狙われていたのは、先の王妃様が警戒《けいかい》していた通りエミリオ様なのでしょう。でも、そこは鉄壁《てっぺき》の守りだった。『さあ、どうする？　どこに持っていけばいい？』後に石台行きになったそいつは、どうすればエミリオ様の口に入るのか考える……」

ガロンがここで肩を竦《すく》めてマクロンを見た。

マクロンはガロンの続きを口にする。

「それで、母の部屋か」

ガロンが頷く。

「たぶん、銀食器を入れ替《いか》えようとしていた。けれど、もうそこに本物の銀食器はなかった。だから、そこに置いた。中身は薬の入った白湯もどきだと思います。そいつは、エミリオ様の口に入る可能性があると考えてそこに置いただけ。それも、薬を置いたんです。毒でないことに安心していたのかもしれない。悪いことをしていないと思えたのでしょう」

ガロンは『推測ですけど』と続けた。

マクロンは、サリーへと視線を移した。

「今、ビンズに出産当日の勤務記録を調べるよう指示している。前女官長なら名簿《めいぼ》を見れば、王妃塔に居ても疑われない者がわかるはずだ。偽物の銀食器を運んだ者が」

「女官しか考えられません！　侍女以外に、怪《あや》しまれず王妃塔を歩き寝室に入れるのは女官と医官だけです」

そこで、邸内にビンズが入ってくる。

「王様、やっと調査が終わりました」

ビンズの目の下には隈《くま》ができていた。

「報告を」

マクロンに促され、ビンズが紙を皆に配った。

「出産当日の王城勤務記録を隅々《すみずみ》まで調べました」

マクロンは名簿を見る。

サリーが食い入るように名簿を見ている。

「この中で、王妃塔や後宮に入れない者を除くと、残るのは医官と女官、侍女、警護騎士と乳母《うば》……先の王様と側室様と」

ビンズがマクロンを見る。

「我だけだな」

ビンズが頷いた。

名簿には除外者に二重線が引いてある。

「さらに、王妃づきの侍女にも偽物の銀食器は運べません」

マクロンは、侍女の名に二重線をつけるようサリーに指示した。

皆がサリーの名簿を見る。

「乳母も侍女とエミリオと一緒だっただろう。銀食器を運ぶ騎士なども不審《ふしん》すぎる。可能性は低い」

マクロンの言葉に、サリーの名簿はまた二重線が増える。

「残るは、やはり医官と女官だけか。ビンズ、この者らの調べはついているか？」

ビンズがサリーの名簿に残った者を見て頷いた。

「その中で、医官が一名、女官が三名王城から突如消えています」

ビンズがサリーの名簿の医官と女官の名に大きく○をつけた。

「……石台行きか」

マクロンは呟く。

「さらに調べますと、女官の一人は……前ベルボルト伯の庶子《しょし》でした」

ビンズがチラリとソフィアを見る。

「また、ベルボルトか」

マクロンがそう言うと、今度はペレが書類をテーブルに置く。

「これは、なんだ？」

「こちらも名簿です。先の妃選びと第二の妃選びで名が上がっていた令嬢《れいじょう》方の清書前の名簿になります。この資料から動向がわかります」

先の王妃の死は、ペレにとっても置き忘れた大きなしこりだ。当時、引っかかりを覚えながらも、死因に間違いはなく、先王からも調査の命令が出ていなかった。

ペレが当時担当していたのはマクロンの教育係で、母の死を背負うマクロンにつきっきりだった。

「15番目の妃の欄《らん》をご覧ください」

マクロンはペレに促され、その欄を確認した。

~~『エリー・ベルボルト。伯爵令嬢』~~→『ソフィア・レンネル。伯爵令嬢』

「どういうことだ？」

マクロンはペレとソフィアを交互に見る。

先に口を開いたのはペレだ。

「当時の長老はもう存命しておりません。変更の理由記録もありませんでした。ですが、前ベルボルト伯が並々ならぬ妃への執念《しゅうねん》があったのは事実です。第二の妃選びで名が挙がっていた令嬢をご確認ください」

マクロンは確認後、腹立たしげに名簿をテーブルに投げる。

「『マリー・ベルボルト。伯爵令嬢』。エリー嬢の十歳違いの妹です。前ベルボルト伯は娘をどうしても妃にしたかったのでしょう。そのために、庶子まで王城に入り込ませていたのですからな」

個人の欲が、先の王妃の命を奪ったようなものだ。

ソフィアがおもむろに口を開く。

「エリーは、いとこのフォルトと婚約《こんやく》していたのじゃ。婿取《むこと》りで伯爵家を継ぐ道筋だった」

「現ベルボルト伯爵夫妻ですな」

ソフィアが当時を思い出すように遠くを見ている。

「エリーに助けを乞《こ》われ、私は父に頼んだのじゃ、『エリーに代わって妃に名を連ねたい』と。レンネル家は、ベルボルト家よりも格上じゃからな。前ベルボルト伯は譲《ゆず》らざるを得なかったえ」

風がそよぎ、薔薇の香《かお》りが漂《ただよ》う。

マクロンは目を閉じて、父を思い出した。

ゲッソリした頬と、異様にギラついた瞳だった。だが、マクロンにはいつも優《やさ》しく頭を撫でてくれていた。

「父上は、全て内密に処理した。ペレにも告げず石台行きの処理を淡々《たんたん》と行い、貴人にも理由を告げぬまま、ベルボルト領へ偽物の銀食器と一緒に下賜する。前ベルボルト伯にとっては、露見《ろけん》したと否《いや》が応《おう》でもわかってしまうわけだ」

マクロンは、黒ずんだ銀杯を見つめた。

「『祝杯をあげよ』、父上の気持ちがわかる。一連のことは、前ベルボルト伯の死をもって終わりにした。父上はきっと『祝杯』を母上に捧《ささ》げただろう」

マクロンは、銀杯に手を伸ばし伏せた。

それは、終わりの合図。

点は線となった。この線以外に描《えが》くことなどできようか。

これを貴人は明かしたかったのだ。

ペレも公《おおやけ》にしたかったことなのだろう。

そこでソフィアが立ち上がり、マクロンの前で膝をついた。

「どうか、お願い致します。……『ノア』をわけてくださいませ」

ソフィアの目的はやはり『ノア』。

「真相を明かした手助けと引《ひ》き換《か》えにか？　それとも偽物の『銀食器』と引き換えにか？

いや、縁談の祝い品にでもしたいのか？」

マクロンは矢継《やつ》ぎ早《ばや》に言った。功績と言えば功績である。

ソフィアが『お願い致します』と額を床につける。

サリーがドンとテーブルを叩《たた》き立ち上がった。

「また、王妃様の時と同じようにすがるなんて、卑怯者《ひきょうもの》!!」

「サリー、やめなって」

ガロンがサリーをなだめた。

「さてと、ここからが俺の出番でしょ」

ガロンが本物の銀食器を箱から出す。

「使わせていただきます、王様」

「ああ、構わん」

銀食器の中に、コロンと丸薬が転がる。

「ガロン兄さん、それは？」

フェリアがガロンに問うた。

「父さんの調合は全部見ているからなぁ。思い出すままに全部作ってみたんだぁ。貴人様、三年前に納品されていた薬を探そうか？」

ガロンの王都到着が、ソフィアらより遅《おそ》かった理由は薬を調合していたからだ。

ソフィアが勢いよく立ち上がり、銀食器の中を見る。

「違う、そんな色はしていなかったぇ」

「じゃあ、これかなぁ？」

ガロンが次の丸薬を転がす。

「いや……似ているが違う」

次々に銀食器に丸薬が入っていく。

皆の視線も銀食器に集まる。

「あっ！」

ソフィアが興奮して、『それぇ』と指差した。

「やっぱりなぁ。これは、心臓病に効果がある薬草が使われている丸薬。よっしゃ、これでまた取引開始だなぁ。リカッロ兄さんと一緒に父さんと母さんの仕事が引き継げる！」

ガロンの宣言と笑みが皆の緊張《きんちょう》をほぐしていく。

「やっと皆が前に進めるのだな」

マクロンは、フェリアの手を取って立ち上がる。

「サリー、王様も私も貴人の要望を受け入れないわ。どんな者が私たちにすがってきたとしても、『ノア』を特別にわけるなんてことはしない。貴人を特別視しない。貴人は、ガロン兄さんの……ううん、カロディアの単なる顧客《こきやく》になるだけ」

サリーがグッと喉《のど》を詰まらせ頷く。

「それと、『王妃の証《あかし》』しかと受け取ったわ」

フェリアが言った証とは、銀のブローチのことだ。

サリーが大粒《おおつぶ》の涙を流す。

マクロンは、フェリアのリボンを攫《さら》う。

15番邸の会合はこうして幕を下ろした。

『母の想い』をマクロンはいつかエミリオに告げようと思う。その時まで、また胸の内に留めておく。

そう思いながら、マクロンは王塔に戻っていったのだった。

7 未来に繋ぐ

フェリアは、ソフィアを見送る。

「全ての目的は達成されましたね」

王妃《おうひ》教育で呼ばれ、ミミリーとの縁談《えんだん》を進め、養子息の薬も手に入る算段をつけた。王城にもまだ顔が利《き》くことがわかり、過去に残してきたものも解決した。

ソフィアの目的は全て達成したのだ。

「いいえ、一番の目的が達成できなかったぇ」

ソフィアがすぐに返した。

フェリアは小首を傾《かし》げる。

「どんなに頑張《がんば》っても、頂には勝てぬと思い知らされたぇ。……先の王妃様にも、次期王妃様にも守られてばかりじゃ」

ソフィアがそこで深々と膝《ひざ》を折った。

「『真の王妃』のお姿に、私がいかに浅はかなのか思い知らされました」

フェリアは、ソフィアを見下ろす。

「浅はかって、素晴《すば》らしいことだわ。だって深くなく裏がないのだもの。貴人、ミミリーをよろしくお願いしますね」

フェリアは『フフッ』と笑った。

ソフィアの顔が上がる。

「本当に口達者で、腹立たしいほどに小賢《こざか》しいのぉ」

ソフィアも扇子《せんす》を広げて笑った。

「では、この辺でお暇《いとま》するぇ」

「ええ、道中お気をつけになって」

フェリアはソフィアの馬車が見えなくなるまで手を振《ふ》った。

「何度、ここで見送ったかしら？」

この場の別れは、少しだけフェリアを感傷に浸《ひた》らせる。

「さあ、ホームに戻《もど》りましょう」

ゾッドが言った。


31番邸《てい》に戻ると、ネルがフェリアを待っていた。

「どうしたの？」

「師匠《ししょう》からです！」

ネルがフェリアに文を差し出す。

「ガロン兄さん？」

ネルがウンウンと頷《うなず》いた。

＊＊＊

ベルボルト領の薬を調合するから帰るなぁ。リカッロ兄さんは、まだ王都で父さんと母さんの納品調査をするってさ。だから、『ノア』はお前に頼《たの》んだ。特効薬ができるまで、未来に繋《つな》げてくれよ、王妃様！　俺《おれ》、いいこと言ったな。ニッシッシ

ガロン

＊＊＊

「ガロン兄さんったら」

フェリアはまた感傷に浸った。


15番邸の会合から十日ほど経《た》った。

セオは朝からソワソワしている。

今日は、近衛《このえ》承認式《しょうにんしき》と王妃近衛隊の始動の日である。

すでに、セオはお側騎士《そばきし》として31番邸に勤務していたが、他の者は今日からが正式な勤務開始になる。

「もう何度もちゃんばらした仲じゃない。今さら緊張《きんちょう》しないでよ」

フェリアは、九尾《きゅうび》魔獣《まじゅう》の鞭《むち》を持ちながら返した。

「い、いやフェリア様……アーッハッハ」

ゾッドらがお腹《なか》を抱《かか》えて笑う。

「フェリア様は、近衛承認式より鞭の微《び》調整の方に重きを置いていますからね」

セオが項垂《うなだ》れる。

フェリアは、完全に近衛承認式を忘れていたようだ。

近衛承認式に合わせて、鞭の微調整が行われる。フェリアの鞭捌《さば》きを王妃近衛隊がわかっていなければ連携《れんけい》などできない。そういうわけで、近衛承認式後に鞭のお披露目《ひろめ》を兼ねた微調整を行うことになった。

「な、何よ。いいじゃない」

フェリアは唇《くちびる》を尖《とが》らせた。

闘技場《とうぎ》で、四部隊の騎士隊長と近衛隊、お側騎士を筆頭に新設の王妃近衛隊が並ぶ。

マクロンとフェリアが闘技場に入ってくる。

壇上《だんじょう》に二人が並ぶと、近衛隊長が一歩前に出た。

「これより、近衛承認式を執《と》り行います！」

式は、滞《とどこお》りなく進む。新たに承認された近衛騎士は二十四名。皆《みな》にマクロンが剣《けん》を授《さず》けていった。

その後は王妃近衛隊の名簿《めいぼ》が高らかに読み上げられる。新たに承認された近衛が、全員王妃近衛に所属することはない。近衛隊は改編され、新たな顔ぶれで警護が開始される。

フェリアは、その一人一人に新しいマントを授けていく。

そして、騎士らは最後にマクロンとフェリアへの忠誠を誓《ちか》った。


式が終わると、王妃近衛隊以外は通常勤務に戻っていった。

代わりに、サムが闘技場に現れる。

リカッロとローラもついてきたようだ。二人ともサムの付《つ》き添《そ》いだが、ローラは経歴書の提出ついでだ。

だが、三人とも完全武装でマクロンの前に立《た》った。

マクロンは、三人の出《い》で立ちに驚《おどろ》く。

リカッロは大きな鎌《かま》。ローラはノコギリ。サムは連射弓を背負っていた。

その姿に王妃近衛隊も目を丸くしている。

ただ一人フェリアだけがいつも通りだった。

「マクロン様、ローラ姐《ねえ》さんの武器はノコギリなんです。魔獣を倒《たお》した後に、解体しやすくて便利でしょ。リカッロ兄さんの大鎌《おおがま》も同じ。魔獣の首って剣では切り落とせないの。実用的でしょ！　サムは……弓矢を習得したのね」

フェリアは、サムを見る。

サムもフェリアを見ている。

マクロンは、胸が疼《うず》いた。

「鞭の微調整に参りました」

サムが言うと、三人とも頭を下げる。

「その出で立ちからするに、戦って確認《かくにん》するのか？」

「はい。危険ですので皆様は下がっていた方がいいかと」

「そんなに？」

鞭に威力《いりょく》があるのかと、マクロンはフェリアを見る。

フェリアはウンウンと頷いている。

「いいだろう」

そこで、サムが一歩前に出てマクロンに深々と頭を下げた。

何も言わず、フェリアに向き直る。

サムが懐《ふところ》から、小箱を取り出した。

どう見ても、それは特別な物が入った小箱である。

「リア」

サムが愛称《あいしよう》でフェリアを呼んだ。

マクロンの頭がカッと熱くなる。それでもグッと堪《こら》えた。

「リア、受け取ってくれ！」

サムが小箱をフェリアに差し出した。

皆がハラハラしながら、その様子を見ている。

「ええ、いいわ」

フェリアの返答に、周囲が緊張する。

「受けて立つ!!」

受け取った小箱を頭上に掲《かか》げ、フェリアは返答する。

皆が『え？』『ん？』と首を傾げた。

もちろん、マクロンもである。

サムがニヤッとマクロンを見た。

「これ、二人でお決まりの、勝負の申し込《もうこ》みなんです」

サムがフェリアから小箱を奪《うば》うとパカッと開けた。

そこには一枚のコインが入っていた。

「よく、コインの裏表で先攻《せんこう》後攻を決めますよね。でも、コインを自由自在に操《あやつ》れる者には意味がありません。私もフェリア様もコインを好きに扱《あつか》えます。ですから、小箱に入れて決めるようにしていたんです」

サムが蓋《ふた》を閉めて、マクロンに差し出す。

「王様が投げてくださいませ」

「……お前、わざとであろう？」

サムがすっとぼける。

「なんのことでしょう？」

マクロンは小箱を摑《つか》むと軽く宙に投げた。

キャッチして、フェリアとサムを見る。

フェリアは小箱を、サムはフェリアを見ている。

つまり、そういうことだ。フェリアにサムへの意識は全く感じられない。

マクロンは肩《かた》を竦《すく》めた。

サムも『そうでしょ』とも言わんばかりに、同じく肩を竦める。

マクロンもサムも互《たが》いに笑い合った。

「ちょっと、マクロン様はサムの味方なの？　何か小箱にしかけたの？」

フェリアが不満げにマクロンに詰《つ》め寄《よ》る。

「我《われ》がしかけられたのだ」

マクロンの返答にフェリアが小首を傾げた。

マクロンは、サムとまた笑い合った。


フェリアは足取り軽《かろ》やかに31番邸に戻っている。

その前後に王妃近衛隊が歩いているが、皆顔が引きつっていた。

フェリアの鞭の披露《ひろう》は、一瞬《いっしゅん》で終わったのだ。

軽く一振りした鞭は、ヒュンッと風を切って観覧席へと伸《の》びた。闘技場の端《はし》から端までの距離《きょり》である。

ガラガラガラと、観覧席の一区画が一瞬で崩《くず》れ去《さ》った。

『うわぁ！　すごい』と喜々とした声を出すフェリアと、青ざめるマクロンと騎士ら。そして、サムたち。

マクロンが止めなければ、騎士も餌食《えじき》になっていたかもしれない。

『王妃の鞭と対戦』そう、予定が組まれていたのだから。

九尾魔獣の鞭は、マクロンの手に渡《わた》っている。威力が素晴らしいからとマクロンが使いたいと言ったのだ。没収《ぼっしゅう》したとも言う。

フェリアは涙目《なみだめ》になりながらも、マクロンに鞭を差し出した。

マクロンはいたたまれなくなり、サムに視線を投げる。

「あっ、ええ、そうだ！『三ツ目夜猫《やびょう》魔獣の髭《ひげ》の鞭』なら、次期王妃様にピッタリです」

フェリアの顔がパァッと明るくなる。

そんなやりとりの後なのだ。

「次は『三ツ目夜猫魔獣の髭の鞭』だって！　楽しみね、セオ」

セオが引きつり笑いをする。

「でも、九尾魔獣の鞭なら、31番邸から王塔《とう》にひとっ飛びできたのにね」

フェリアは王塔を眺《なが》めた。

「あそこは私の未来。自分の足で歩んでいくわ！」

未来へ繋ぐ道を、31番目のお妃様《きさき》は切り開いていくのだった。

終わり

あとがき

はじめまして、桃巴《ももともえ》です。もしくは幾度《いくど》かご挨拶《あいさつ》をしていることでしょう。

『31番目のお妃《きさき》様』四巻をお手に取っていただきありがとうございます。


作者は物語を執筆《しっぴつ》するにあたり、脳内作業から始めます。その姿は、テーブルの周りをグルグル歩いてみたり、大の字に寝転《ねころ》んで妄想《もうそう》を繰《く》り広げたり……、つまり執筆活動をしているように見えません。

たちの悪いことに、脳内作業から構成を考えることなく、パソコンに向かってしまうのです。

担当様には、毎度プロットをと言われますが、フワッとした脳内作業でできた物語の骨格は、各章《しょう》一行程度の箇条《かじょう》書《が》きといったおおよそプロットにはほど遠い出来です。担当様、いつも申し訳ありません。

そして、そのフワッとしたプロットがその通りに進むことはありません。出だしこそ同じではありますが、登場人物が好き勝手に動いてしまい、プロットとは全く違《ちが》った物語が完成するのです。

作者は、自身が悪い方向に規格外であると自覚しております。

ですが、整地された道ではない、新たな道を歩むフェリアとマクロンを作者は応援《おうえん》しています。(決して、作者の言い訳ではありません)

さて、四巻の物語はシリアスな内容です。少し重くなる内容に、どう軽快さを加えるか。

作者は迷わず彼《か》の二人を登場させました。ミミリーとサブリナです。

彼女《かのじょ》たちが下働きする場面から物語が始まる。それはプロットの出だしと同じです。そして、WEB版とも繋《つな》がっています。

読者様に度々《たびたび》出てくる二人を楽しんでいただけたら嬉《うれ》しい限りです。

毎回、素敵《すてき》なイラストを描《か》いてくださる山下《やました》ナナオ様、ありがとうございます。

担当様、今回も詰《つ》め込《こ》み気味の作者を導いていただき、ありがとうございます。

何より、四巻を最後《あとがき》まで目を通してくださった読者様には、再度お礼申し上げます。

さて、作者はまた物語の種を探しに参ります。それでは……

桃巴

■ご意見、ご感想をお寄せください。
《ファンレターの宛先》
〒102-8177 東京都千代田区富士見2-13-3
株式会社KADOKAWA ビーズログ文庫編集部
桃巴 先生・山下ナナオ 先生

ビーズログ文庫

●お問い合わせ
https://www.kadokawa.co.jp/（「お問い合わせ」へお進みください）
※内容によっては、お答えできない場合があります。
※サポートは日本国内のみとさせていただきます。
※Japanese text only

31番《ばん》目《め》のお妃様《きさきさま》 4

桃巴《ももともえ》

2020年3月15日 初版発行
2021年11月25日 6版発行

発行者　青柳昌行
発行　株式会社 KADOKAWA
〒102-8177 東京都千代田区富士見2-13-3
（ナビダイヤル）0570-002-301
デザイン　伸童舎
印刷所　凸版印刷株式会社
製本所　凸版印刷株式会社

ISBN978-4-04-736041-9 C0193

定価はカバーに表示してあります。
◇◇◇

あっ
ふー
花壇《かだん》にあったレンガで窯《かま》を作ったの
これで美味《おい》しいパンを作れるわ
では…
早速《さっそく》ですが農機具《のうきぐ》一式《いっしき》が欲《ほ》しいです！
平民服《へいみんふく》
牛車《ぎっしゃ》
回想
ニヤッ
私《わたし》の荷物《にもつ》の中《なか》に兄《にい》さんの野営箱《やえいばこ》が紛《まぎ》れ込《こ》んでたんです
ビーズログコミックスにて
コミックス1巻好評発売中!!!
ちょっと(かなり)変わっているお妃様の成り上がり劇★
31番目のお妃様
七輝翼
原作／桃巴(ビーズログ文庫)
キャラクター原案／山下ナナオ